Es la voz del narrador
autobiográfico, o simplemente
se presenta como tal —
¿ Quién es el narrador?
¿ Es el narrador compasible?

¿ Es el narrador el niño
de la calle que asegura ser?
¿ Es la novela una autobiografía
de un ser marginado o es
una crítica de la sociedad
de un observador? —

¿ Cuáles son los aspectos
del castillo que están
presentes en la sociedad
de hoy?

Anónimo

EL LAZARILLO DE TORMES

Y DE SUS FORTUNAS Y ADVERSIDADES

Salamanca, Toledo
aldea Maqueda,
Torrijos

Copyright © EDIMAT LIBROS, S. A.
C/ Primavera, 35
Polígono Industrial El Malvar
28500 Arganda del Rey
MADRID-ESPAÑA
www.edimat.es

ISBN: 978-84-9764-358-0
Depósito legal: M-20792-2009

Colección: Clásicos de la literatura
Título: El Lazarillo de Tormes
Autor: Anónimo
Introducción: Juan Alarcón Benito
Diseño de cubierta: Juan Manuel Domínguez
Impreso en: Lável Industria Gráfica S.A.

IMPRESO EN ESPAÑA – *PRINTED IN SPAIN*

ANÓNIMO

EL LAZARILLO DE TORMES

Por Juan Alarcón Benito

A mediados del siglo XVI, concretamente en el año 1554, poco antes de la muerte de Carlos V, se publicó en Alcalá, Burgos y Amberes un pequeño libro titulado *La vida de Lazarillo de Tormes y de sus fortunas y adversidades*, sin nombre de autor y sin excesivas pretensiones literarias, pero que en poco tiempo adquiriría enorme popularidad, por la soltura de su lenguaje, su donaire, su gracia y su picardía.

Al parecer, la novela fue impresa por vez primera en Amberes, en 1553. Sin embargo, nadie ha visto tal edición. No se ha descartado tal posibilidad por el hecho de que en la publicación de 1554 de Alcalá, a la que acabamos de referirnos, consta: «Nuevamente impresa y corregida y de nuevo añadida a esta segunda impresión.»

Fue, en verdad, el libro de todos, de la gente letrada y de la gente lega, de eclesiásticos y seglares, de la nobleza y del pueblo bajo.

El ilustre filósofo y literato Julio Cejador y Frauca, uno de nuestros más profundos humanistas, escribiría a propósito del éxito del «Lazarillo»:

«Aventureros y marchantes llevábanlo sin falta en la faltriquera, como en la mochila trajineros y soldados. Veíase en el tinelo de pajes y criados no menos que en la recámara de los señores, en los gabinetes de las damas como en los bufetes de los letrados. Los españoles solazábanse con su leyenda, hallando pintadas al vivo, en diminutos cuadros, las costumbres, sobre todo del pordiosero, del clérigo y del hidalgo, a que se reducían las maneras de vivienda de aquellos tiempos; los extranjeros aprendían en él la lengua castellana como en la más sencilla cartilla de entonces y en el más entretenido catón.»

Y añade Cejador que se difundió «con tan buena estrella y general aplauso cual no se recordaba de otro libro alguno desde que se publicó *La Celestina*, ni había algún otro de sonarse hasta que "Guzmanillo" y "Don Quijote" vinieron al mundo».

Fue, sin duda, «la más famosa obra de ingenio» en tiempos del Emperador.

Entonces por su rápido éxito, hoy por su perennidad y siempre por sus indudables méritos, es justa la gloria alcanzada por el «Lazarillo», fiel retrato de un amplísimo sector de la sociedad española de la primera mitad del XVI.

Algunos estudiosos coinciden en afirmar que el «Lazarillo» es un símbolo perfecto. Lázaro es España, la gran España que nace, vive y muere en un estrato social mayoritario, lleno de problemas, de miserias, vilipendiado y casi en estado de esclavitud. Para los que no se sometían por entero, la picaresca era su única defensa.

La grandeza del Imperio no significaba pan y justicia para todos. Duele decirlo, pero nuestra patria fue temida y poderosa, con olvido de los pequeños, de los débiles, a no ser para alistarles en el ejército, para convertirlos en sirvientes y condenarlos a ser plebe, chusma.

Pervivía el feudalismo más o menos encubierto y la sociedad se dividía tajantemente en nobles y gentes acomodadas, ajenos a cuanto no les reportara beneficios, y los miserables, víctimas siempre de su condición social. Los poderosos sufrían una profunda crisis de valores humanos y religiosos y entre intrigas políticas, aventuras cortesanas y malmanejos de bienes, vivían ajenos a los muchos problemas económicos y sociales que afectaban al pueblo llano.

Por eso le irritaba tanto el «Lazarillo», y la novela picaresca en general, a un humanista de tanta talla como Gregorio Marañón; por eso le ofendía que hayamos aireado «con tan gentil desvergüenza» nuestros trapos sucios a los aires del mundo, dando pie a un feo sentimiento universal hacia España. Y se lamentaba así:

«... empaña mis entusiasmos hacia la picaresca el influjo indudable que esta literatura ha tenido en la depresión de los valores fundamentales —claro es que hablo de los morales—. De los pecados que antes he señalado —la inmoralidad y el pesimismo— podrían excluirse algunos de estos libros, escritos por espíritus generosos, porque en ellos la pintura de la hez social conduce a nobles conclusiones éticas: tal Cervantes, que precisamente titula "Novelas Ejemplares" a las más hermosas y más realistas páginas que se hayan escrito sobre la vida de los pícaros españoles. "Ejemplares" son porque, en efecto, de su pintura sólo trasciende al lector, al lado de una emoción literaria incomparable, un sentimiento de bondad y de optimismo, y una moraleja llena de cándida, pero piadosa, victoria de la justicia y de la bondad sobre el mal.

«Más aún, esta picaresca "ejemplar" ha servido de argumento, como todo el resto del género, a una de las actitudes más injustas del pensamiento universal frente a España. A fuerza de leer estos libros y de no leer otros, se ha ido formando la idea de que toda la gran España de la epopeya fue una España picaresca. Naturalmente, se conocen los otros héroes de esta España; pero aun ellos aparecen, muchas veces, teñidos de una sombra de gallofería. Basta leer los relatos de los viajeros que desde todos los lugares de la tierra acudían a España para convencerse de que el observador trasponía los puertos fronterizos o pisaba las playas de la Península, con la retina deformada ya por un previo patrón de lo español; patrón pintoresco, divertido, lleno de pobretería, que afectaba, más aún que al bolsillo, a la conciencia. Cierto que en estos relatos —y también en las solemnes historias, inspiradas, muchas veces, como los simples diarios de los viajeros, en anécdotas— se habla también de la hidalguía, del heroísmo y de otras virtudes del español. Pero, por lo común, hasta estas virtudes aparecen mezcladas, ante el ojo del extranjero, con aquellos defectos; casi como si fueran la misma cosa. No en vano nuestro país —"el país de lo imprevisto", como lo llamó un inglés que lo conocía a las mil maravillas— ha dado a luz al más imprevisto de todos los productos sociales, al "bandido generoso", mixtura de hidalgo y de pícaro en proporciones equivalentes.»

Pero...

El «Lazarillo», mal que nos pese, enfoca con toda realidad, insistimos en ello, a un amplio sector de la sociedad española. No es novela de invención y contra eso nada pueden los buenos deseos ni los patriotismos excesivos.

El profesor Del Monte, brillante autor, entre otras muchas obras, de *Itinerario del Romanzo picaresco spagnolo* (Florencia, 1957), calificó al «Lazarillo», y muy acertadamente, como una obra de tesis «histórico-social». «Los triunfos militares —opina el citado profesor— no oscurecen la verdad de que muchos sectores de la vida española sufren de olvido y menosprecio.» El propio Marañón nos dice:

«La ola pesimista que invadía a España desde el siglo XVI, cuando todavía era el mayor Imperio del mundo, no se había engendrado, ciertamente, en razones de política, porque el porvenir de la vida nacional aparecía aún como un camino llano, que se trifurcaba en las direcciones universales, sin obstáculos a la vista: hacia Europa, hacia África y hacia las Indias de allende los mares. *Donde se engendró, fue en el espectáculo de la vida interior del país*, en la que "Lazarillo", después de arrastrar su cinismo por todos los arroyos, asistía, como gran personaje, "en la cumbre de la fortuna", al triunfo del Emperador en la corte del universo, en la insigne ciudad de Toledo. Y como él, otros muchos, de su misma calaña, gozaban de tan lucida carrera social.»

La Inquisición no podía permanecer impasible a un éxito en el que no pocos eclesiásticos quedaban malparados, a causa de su vida licenciosa, y mandó expurgar el texto a partir de 1573, sin evitar, claro está, que versiones íntegras siguieran circulando, porque no en vano el pueblo español ha sido anticlerical de por vida, y a fe que los hombres de sotana se lo ganaron a pulso.

Antes de la publicación del «Lazarillo», el apelativo picaresco se aplicaba a las obras «lupanarias» y cuya protagonista era una mujer, tales como las *Églogas de Vitoriano* y de *Filence y Zambando*, con pasajes groseros y mal contados; *La tercera Celestina*, de Gaspar Gómez de Toledo, y *La lozana andaluza*, del clérigo Francisco Delicado.

Excluimos deliberadamente a *La Celestina, tragicomedia de Calixto y Melibea* porque sus altos valores literarios la alejan de comparaciones posibles, que *lo único* [1], lo genial, no debe mezclarse con lo común, y porque sólo en un sentido

---

[1] La cursiva, del prologuista.

muy vago puede admitirse un parentesco del citado libro con lo picaresco, en su peor acepción.

Justo es considerar ya, para aclarar conceptos, que la novela picaresca nunca fue novela de amor en el sentido de lujuria o exaltación desbordada y procaz del sexo. «Es un género —se nos dice repetidamente en numerosos estudios sobre el tema—, esencialmente misógino, en el que la expresión resulta a veces cínica, pero el pensamiento no puede tacharse de licencioso.»

Incluso en el siglo XVII, en novelas como *La garduña de Sevilla* o *La pícara Justina*, más que de rameras se habla de alcahuetas y de ladronas, y más que de «deshonras físicas» de otro tipo de deshonestidades.

La novela picaresca a la que aludimos es un muestrario de astucias, de ingenio, para remediar el hambre, que no para salir de pobre, relatos de aventuras más que de lances de amor pormenorizados, que el apetito carnal se satisface en estas historias tan grosera y rápidamente como grosera y agitadamente viven los personajes.

«La novela picaresca —escribió el eminente Rodríguez Marín—, es la vida birlonga en todas sus múltiples facetas, en muchas de las cuales se basaban no pocos trabajos. Las principales variedades de las picardías están indicadas por Cervantes en la vida de Pedro de Urdemalas, que da título a una de sus comedias: fue hijo de la piedra, niño de la doctrina, grumete de la carrera de Indias, esportillero en la metrópoli andaluza, mandil o mozo de rufián, mochilero, playero, vendedor de aguardiente y naranjada en Córdoba, suplicacionero o barquillero, como decimos hoy, mozo de mulas, mozo de un tahúr fullero, mozo de labrador y, aun después, farsante. Con todo esto faltaron a Pedro de Urdemalas, entre otros grados, el de pinche o pícaro de cocina y el de ganapán o palanquín; y no digo el de trajinador en las almadrabas de Zahara, por entender que en lo de gentilhombre de playa quedó incluido, pues de otra suerte habría que estimar que le faltaba el grado de maestro, ya que las tales almadrabas, según Cervantes, eran el finibusterre de la picaresca.»

¡Qué múltiples las «especialidades» de los pícaros!

Rateruelos, mendigos falsamente lisiados, ciegos rezadores de mirada de lince, limosneros para el culto de los templos, ermitaños viciosos, romeros y peregrinos llenos de mentira y de atributos piadosos, vendedores callejeros o estafadores de poca monta, poetas «remendones y plagiarios», cómicos de la legua, falsos bachilleres, alcahuetes, «administradores de mujeres», robadores, birladores y fulleros, murcios, avispones, ondeadores, cómplices y servidores de los grandes delincuentes, fiadores —polinches— de ladrones sirvientes, matones, mozos de mula, que para el licenciado Vidriera «todos tenían su punta de rufianes, de cacos y de truhanes»...

Desde el punto de vista de la historia de las ideas, la filosofía picaresca —porque filosofía es y hasta posee su representante técnico en Mateo Alemán— depende estrechamente de dos famosas escuelas de la antigüedad clásica: el estoicismo y el cinismo.

El pícaro es el resultado de la combinación de un estoico con un cínico, escuelas más emparentadas de lo que parece, puesto que, como es sabido, el estoicismo no es sino una derivación del cinismo, y Zenón de Cicio, fundador de aquél, fue discípulo de Crates, el Cínico.

El Buscón, Guzmán de Alfarache, Lázaro de Tormes, Estebanillo González, Marcos de Obregón, el bachiller Trapaza y muchos más que militan con gloria en las huestes de la picardía, son otros tantos filósofos estoicos, con sus burlas y ribetes de cínicos.

El estoico es impasible; el pícaro, también, porque no gime ni se altera por las desventuras, profesando la paciencia y la confianza en el destino; el pícaro, como el estoico, desprecia las especulaciones demasiado abstractas y es inclinado a moralizar sobre las experiencias de la vida; el pícaro, como el cínico, es autónomo, individualista, desprecia las leyes del Estado y no atiende sino a su particular provecho; el pudor le es ajeno y tiene a gala el naturalismo en su hablar y en su proceder.

Al leer las reflexiones de Guzmán parécenos tener a la vista los pensamientos y las sentencias del autor de los libros *De beneficiis*.

Aun en obra tan poco edificante como *La lozana andaluza*, el nombre de Séneca sale a relucir en las primeras páginas.

Antonio de Solís puso el dedo en la llaga en sus estudios sobre el género, las razones de su éxito y el ocaso:

«Aun cuando la novela picaresca admitía latitud considerable de observación y de invención, y en este respecto aventajaba a la novela caballeresca y a la pastoril, su plan, después de todo, tenía un límite que el favor concedido a este género literario y las mil triples tentativas de diversificarlo no bastaron a trascender.

»La concepción fundamental de un pícaro que sirve, estafa y satiriza a sus amos, pasando por entre una sociedad cuyas faltas y flaquezas describe, aunque excelente, llegó a estar, sin embargo, fuera de su centro según se iba gastando su primera actualidad. El pícaro no poseía en sí mismo más grandes recursos para distraer que el caballero andante o pastor, aunque viviera en *un mundo que proporcionaba elementos supremos de interés por lo que tenía de genuino*. Pero *el pícaro era popular, menos por sí mismo que como representante de la antítesis de aquellos virtuosos héroes impecables e impasibles, entre cuyas proezas y las de la gente del día se iba haciendo cada vez más evidente la incongruencia* [2].

»Así que si el público se había ido cansando de lo heroico en la novela, no era tampoco improbable que el antihéroe dejara de aburrir, y era de esperar que ocurriese pronto la vuelta a cierta especie de idealismo.

»Una literatura de villanos, o aunque sea de pícaros regocijados, no puede menos de ser literatura transitoria, negativa...»

Antes de languidecer, que no extinguirse, el género trascendió fuera de España, y siguiendo los estudios de Antonio de Solís y de otros, podemos afirmar que pronto lo adoptaron escritores de Francia, Alemania, Holanda e Inglaterra, con las características propias de cada pueblo.

Pasó de moda la novela picaresca a fines del siglo XVII, lo que, repetimos, no significa que muriera.

Se salvaron para la posteridad no sólo las obras maestras del género, sino también algunas otras menores.

El pícaro y la picaresca permanecen vivos en el *Libro del Buen Amor*, del Arcipreste de Hita; en el *Corbacho*, del de Talavera; en *Propaladia*, de Torres Naharro; en la *Recopilación*, de Diego Sánchez de Badajoz; en *La Celestina*, la segunda gran novela española, publicada en esta colección; en el *Lazarillo de Tormes*, «príncipe y cabeza de la novela picaresca entre nosotros», en acertado juicio de Menéndez y Pelayo; en las ya citadas, y anteriores a «Lazarillo», *Églogas de Vitoriano* y de *Filence y Zambando*; en las escandalosas comedias *Tebaida*, *Serafina* e *Hipólita*; en *La lozana andaluza*; en *Atalaya de la vida humana, aventuras y vida del pícaro*

---

[2] La cursiva, del autor del prólogo.

Guzmán de Alfarache, que tal es el título completo, y olvidado, de la obra de Mateo Alemán; en la *Vida del Buscón don Pablos*, de Quevedo —editada también en Clásicos Fraile—; en *La desordenada codicia*, de Carlos García; en *El Lazarillo de Manzanares*, de Juan Cortés de Tolosa, imitando al «Lazarillo» y al «Buscón»; en *Alonso, mozo de muchos amos*; en *Vida y hechos de Estebanillo González*»; en *Relaciones de la vida del escudero Marcos de Obregón*, de Vicente Espinel; en *Aventuras del bachiller Trapaza*; en *La garduña de Sevilla*; *La niña de los embustes* y *Las harpías de Madrid*, escritas por Alonso del Castillo y Solórzano...

Y Cervantes, con sus pícaros, y Quevedo, y Lope, y Moreto, y Antonio Solís y gran número de nuestros autores clásicos del Siglo de Oro y posteriores... Y Mesonero Romanos, y Ramón de la Cruz, y Larra, y Pereda —*Pedro Sánchez*—, y Rusiñol —*Pepet de San Celoni*—, y Pedro Antonio de Alarcón —*El Escándalo, El niño de la Bola*—, y Galdós —*Episodios Nacionales, Doña Perfecta*—, y Valle-Inclán —*El marqués de Bradomín*—, y Blasco Ibáñez y...

No concluiríamos nunca, pese a las muchas lagunas y omisiones.

Otro de los elementos positivos que se aunaron para la popularidad del «Lazarillo» y de otras obras fue la que pudiéramos llamar una causa indirecta, y decimos indirecta porque el Renacimiento poco o nada tenía que ver con la novela picaresca.

Al despertarse en Occidente, a mediados del siglo xv, un vivo entusiasmo por el estudio de la antigüedad clásica, griega y latina, las gentes se asomaron con avidez al complejo y variopinto mundo de la cultura, hubo un interés por todas sus manifestaciones, se leyó y se editó más, y como consecuencia, personas que jamás se hubieran asomado a un libro le tomaron gusto a la letra impresa.

El Renacimiento o acción de renacer fue eso, en definitiva, y no circunscrito a áreas concretas, salvo para una élite distinguida.

Todo lo envolvió.

Los que carecían de base para leer a Virgilio, a Sócrates o a Homero, buscaron *La Celestina*, el «Lazarillo» o cualquier otra obra, y las hallaron de su gusto.

Los grandes esfuerzos realizados para incorporar a la vida la sólida cadena de tradiciones culturales del ayer, la experiencia de las Cruzadas —roturas de fronteras, espiritualidad—, el auge de las ciudades, la influencia del clero,—que abandonaba el encierro de los conventos para incorporarse a la acción pública—, las escuelas mahometanas, el resurgimiento pleno del humanismo y otros muchos factores, entre los que hay de destacar, por su extraordinaria, decisiva importancia, la invención y el desarrollo de la imprenta —descubrimiento que penetró en España en 1468—, el hallazgo de América por Colón, que perfeccionaría en gran medida los estudios cosmográficos y daría lugar a numerosas expediciones científicas..., iban a provocar una revolución llamada a impulsar arrolladoramente las artes y las ciencias, época de oro que llevaba largo tiempo gestándose y que estallaría en plenitud en el siglo XVI.

En España, el Renacimiento tuvo su origen con anterioridad a su general difusión en Occidente.

Desde los últimos siglos de la Edad Media, la afición al clasicismo grecolatino producía en nuestro país obras de indudable mérito, con marcadas tendencias clasicistas. Y así, Enrique de Villena se inspiraba en los *Trabajos de Hércules*, el arcipreste de Talavera en Boccaccio y en *Florestas de los*

Filósofos y Sentencias de Séneca, Pérez de Guzmán se mostraba fervoroso seguidor del filosofismo romano... En los «libros de caballerías» se aprecia también una enorme influencia greco-oriental.

Por su parte, los Reyes Católicos protegieron y honraron a sabios humanistas como Nebrija, Arias Barbosa y doña Beatriz Galindo, «la latina», entre otros ingenios.

El Renacimiento español tuvo muy felices cultivadores, pero hemos de reconocer que ni Ercilla, con *La Araucana*; ni el padre Ojeda, con *La Cristíada*; ni Balbuena, con *El Bernardo*, pueden considerarse autores que se aproximen siquiera a la talla de Virgilio o de Homero.

Lo que importa a nuestro propósito es consignar el hecho de que el Renacimiento contribuyó de modo asombroso a la difusión de la literatura en general, novela y poesía, principalmente... Hay que destacar la importancia que para el futuro tendría el arcipreste de Talavera, quien, según acertado juicio de Menéndez Pelayo, «abrió las puertas de un arte nuevo y enterró el antiguo género didáctico-simbólico» en el arte de novelar.

Tememos haberle buscado demasiadas causas indirectas, e importantes, a la difusión y el éxito del «Lazarillo», con olvido de la propia obra, de su impulso vital, de su originalidad, de su estilo directo, jugoso.

¿Ejemplos?

«Yo por bien tengo que cosas tan señaladas y por ventura nunca oídas ni vistas vengan a noticias de muchos, y no se entierren en la sepultura del olvido, pues podría ser que alguno que las lea halle algo que le agrade y a los que no ahondaren tanto los deleite. Y a este propósito dice Plinio que no hay libro, por malo que sea, que no tenga alguna cosa buena. Mayormente que los gustos no son todos unos; mas lo que uno no come, otro se pierde por ello. Y así vemos cosas tenidas en poco de algunos, que de otros no lo son...

»... Porque si así no fuese, muy pocos escribirían para uno solo, pues no se hace sin trabajo, y quieren, ya que lo pasan, ser recompensados no con dineros, mas con que vean y lean sus obras y, si hay de qué, se las alaben. Y a este propósito dice Tulio: "La honra cría las artes."

»¿Quién piensa que el soldado, que es primero del escala, tiene más aborrecido el vivir? No por cierto; mas el deseo de alabanza le hace ponerse en peligro...»

Ya en el prólogo, pleno de donaire, se advierte sin lugar a dudas la forma autobiográfica que es el aspecto formal de toda la obra...

«Pues sepa Vuestra Merced ante todas cosas —comienza propiamente la novela—, que a mí me llaman Lázaro de Tormes, hijo de Tomé González y de Antona Pérez, naturales de Tejares, aldea de Salamanca. Mi nacimiento fue dentro del río Tormes, por la cual causa tomé el sobrenombre, y fue desta manera. Mi padre, que Dios perdone, tenía cargo de proveer una molienda de una aceña que está ribera de aquel río, en la cual fue molinero más de quince años.

»Y estando mi madre una noche en la aceña, preñada de mí, tomóle el parto y parióme allí. De manera que con verdad me puedo decir nacido en el río,...»

«... Y en esto, yo siempre le llevaba al ciego por los peores caminos y adrede, para hacerle mal daño: si había piedras, por ellas; si lodo, por lo más alto. Que aunque yo no iba por lo más enjuto, holgábame a mí de quebrar un ojo por quebrar dos al que ninguno tenía. Con esto, siempre con el cabo alto del tiento, me atentaba el colodrillo, el cual traía lleno de tolondrones y pelado de sus manos. Y aunque yo juraba no hacerlo con malicia, sino por no hallar mejor camino, no me aprovechaba ni me creía: tal era el sentido y el grandísimo entendimiento del traidor...»

El garbo, la donosura, la picardía de la mejor ley es la tónica de todo el «Lazarillo», cuya lectura constituye un verdadero deleite.

¿Quién fue su autor? En cuanto a su paternidad son múltiples las hipótesis y miles de páginas las escritas, por expertos investigadores, para probar discutibles teorías, tan discutibles que aún hoy, con la aguja en el pajar, el «Lazarillo» sigue publicándose como anónimo, que no encontró otro padre que le prohijara salvo el imaginario Tomé González, que confiesa el zagal. Veamos, someramente, algo sobre el tema:

Se dijo que el «Lazarillo» fue una autobiografía y también que el autor era un pregonero toledano. Se desecharon, lógicamente, ambas teorías no por falta de pruebas, que no existió ni existe ninguna, salvo las hipótesis, sino porque no es presumible que un libro así fuera escrito por cualquier ganapán avispado; que si el «Lazarillo» no es un modelo de erudición, sí la tiene excesiva para alguien que ejerciera el oficio de pícaro o para un villano cuyo único cometido era leer lo que otros le escribieran..., y no siempre demasiado bien. La obra contiene un trasfondo literario e histórico —historia de costumbres— que sólo se halla en aquella época al alcance de unos pocos privilegiados.

La novela se publicó sin nombre de autor, como ya hemos dicho, y la primera referencia que se hace de ella se la debemos al padre Sigüenza en la *Tercera parte de la Orden de San Jerónimo* (1605). El padre Sigüenza, percatado de la importancia de lo por él descubierto, comprendiendo que se hallaba ante una obra maestra y que las procacidades y atrevimientos que contenía no eran graves, barrió para adentro, por aquello de que la Iglesia fue la depositaria de la cultura, y atribuyó la paternidad del libro a Fray Juan de Ortega, jerónimo. No prosperó su empeño.

En 1607, en el *Catalogus clarorum Hispanias scriptorum...*, de Valerii Andreae Taxandri, se lee:

«Diego Hurtado de Mendoza, persona noble y embajador del César cerca de los venecianos, dicen que escribió un comentario de Aristóteles y la guerra de Túnez, que él mandó en persona. Poseía rica biblioteca de autores griegos, que dejó al morir a Felipe II. Compuso también poesías en romance y el libro de entretenimiento llamado "Lazarillo de Tormes".»

En la edición de 1608 de la obra de Schott, *Hispaniae bibliotheca*, consta que, «según se dice», el «Lazarillo» era original de Hurtado de Mendoza, por ser esa la opinión general a principios del siglo XVII.

En 1622, Tamayo de Vargas, en *Junta de Libros*, vuelve a insistir en que el «Lazarillo» es obra de Hurtado de Mendoza, noticia que por tener tanto eco se ha perpetuado hasta nuestros días; pero... sólo como noticia, sin sólidos fundamentos.

Los argumentos en contra de Hurtado de Mendoza son tan numerosos, que renunciamos a consignarlos.

Como botones de muestra diremos que ni el editor de los poemas de Hurtado de Mendoza, en 1610, ni Baltasar de Zúñiga, su biógrafo, dicen una sola palabra del «Lazarillo».

En la obra *Etudes sur l'Espagne*, el notable investigador Morel-Fatio afirma, con aplastante buen criterio, que Hurtado de Mendoza «era incapaz de rebajarse a escribir, ni a conocer siquiera, estas pequeñeces y el villano asunto de "Lazarillo"; que de estudiante en Salamanca no lo pudo escribir por ser la amargura satírica de que está empapado impropia de un mozo» e insinúa que «ha de buscarse a su autor entre los heterodoxos hermanos Juan y Alonso Valdés y sus amigos tolerados en tiempos de Carlos V, y tan entendidos en cosas del Estado, religiosas y sociales, y en literatura discípulos de Luciano y Erasmo...».

Cejador sale al paso de tan aventurada hipótesis para afirmar, categórico:

«Los hermanos Valdés apenas escribieron más que en materia de religión, y el estilo es harto conocido por lo escogido y llano a la vez, por lo severo y suelto; en una palabra, por lo erudito y diferente del estilo del "Lazarillo".»

Pero Cejador también tiene su candidato, y le lanza a la palestra, apoyándole no en pruebas concretas, sino «en criterios particularísimos» de otros investigadores:

«... las circunstancias externas y mucho más el estudio interno llevan al ánimo la persuasión de que Sebastián de Horozco fue el que escribió el "Lazarillo", mientras nuevos documentos, con testimonios claros, no convenzan de otra cosa. De esta fuerte *probabilidad*[3], que es cuanto puede esperarse del estudio interno de una obra, participan los grandes eruditos españoles don Francisco Rodríguez Marín y don Adolfo Bonilla y San Martín, como *de palabra*[4] me lo tienen comunicado y con cuyo autorizado *parecer*[5] he querido dejar aquí corroborado el mío».

Nada, en suma.

El *Lazarillo de Tormes* sigue siendo obra de autor anónimo.

Para terminar este breve estudio anotaremos, entre otras muchas imitaciones, «de las no queremos acordarnos», las siguientes:

Segunda parte del Lazarillo de Tormes y de sus fortunas y adversidades, de autor desconocido (Amberes, 1555).

[3, 4, 5] La cursiva, del prologuista.

Segunda parte del Lazarillo, por H. Luna, español residente en París (1620).

El Lazarillo de Manzanares con otras novelas, por Juan Cortés de Tolosa (1617).

Diálogo del Capón, compuesto por el Incógnito, novelilla sin autor, descubierta en la Biblioteca de la Academia de la Historia por el capitán de Infantería don Lucas de Torre.

El «Lazarillo» inspiró al dramaturgo holandés Gebrand Adriaensz su obra maestra *De Spaansch Brabander*.

En *David Coperfield*, de Dickens, se encuentra también un recuerdo del «Lazarillo».

Y ahora, lector, un consejo: sigue adelante. El *Lazarillo de Tormes* es una novela breve y muy divertida, además de una obra maestra de la literatura universal.

JUAN ALARCÓN BENITO

PRÓLOGO

Yo por bien tengo que cosas tan señaladas y por ventura nunca oídas ni vistas vengan a noticia de muchos, y no se entierren en la sepultura del olvido, pues podría ser que alguno que las lea halle algo que le agrade y a los que no ahondaren tanto los deleite. Y a este propósito dice Plinio [1] que no hay libro, por malo que sea, que no tenga alguna cosa buena. Mayormente que los gustos no son todos unos; mas lo que uno no come, otro se pierde por ello [2]. Y así vemos cosas tenidas en poco de algunos, que de otros no lo son. Y esto, para que ninguna cosa se debería romper ni echar a mal, si muy detestable no fuese, sino que a todos se comunicase, mayormente siendo sin perjuicio y pudiendo sacar della algún fruto.

Porque si así no fuese, muy pocos escribirían para uno solo, pues no se hace sin trabajo, y quieren, ya que lo pasan, ser recompensados, no con dineros, mas con que vean y lean sus obras y, si hay de qué, se las alaben. Y a este propósito dice Tulio: «La honra cría las artes» [3].

¿Quién piensa que el soldado, que es primero del escala, tiene más aborrecido el vivir? No por cierto; mas el deseo de alabanza le hace ponerse al peligro; y así en las artes y le-

---

[1] Plinio el Joven (61?-113). Escritor latino. Autor de un *Panegírico de Trajano* y de una colección de *Epístolas* en nueve libros, que constituyen un interesantísimo comentario de la vida privada y literaria de la época.
[2] Lo desea.
[3] Marco Tulio Cicerón (106-43 a. de J. C.).

tras es lo mismo. Predica muy bien el presentado[4] y es hombre que desea mucho el provecho de las ánimas; mas pregunten a su merced si le pesa cuando le dicen: «¡Oh, qué maravillosamente lo ha hecho Vuestra Reverencia!» Justó muy ruinmente el señor don Fulano, y dio el sayete de armas al truhán porque le loaba de haber llevado muy buenas lanzas: ¿qué hiciera si fuera verdad?

Y todo va desta manera: que confesando yo no ser más santo que mis vecinos desta nonada, que en este grosero estilo escribo, no me pesará que hayan parte y se huelguen con ello todos los que en ella algún gusto hallaren, y vean que vive un hombre con tantas fortunas[5], peligros y adversidades.

Suplico a Vuestra Merced reciba el pobre servicio de mano de quien lo hiciera más rico si su poder y deseo se conformaran. Y pues Vuestra Merced escribe se le escriba y relate el caso muy por extenso, pareciome no tomarle por el medio, sino del principio, porque se tenga entera noticia de mi persona. Y también porque consideren los que heredaron nobles estados cuán poco se les debe, pues Fortuna fue con ellos parcial, y cuánto más hicieron los que, siéndoles contraria, con fuerza y maña remando salieron a buen puerto.

---

[4] Aplícase en algunas órdenes religiosas al teólogo que ha seguido su carrera y, acabadas sus lecturas, está esperando el grado de maestro. Dícese también del eclesiástico que ha sido propuesto para una dignidad, un oficio o un beneficio en uso del derecho de patronato.
[5] Entiéndase «fortunas» como adversidades.

TRATADO PRIMERO

CUENTA LÁZARO SU VIDA Y CÚYO HIJO FUE

Pues sepa Vuestra Merced, ante todas cosas, que a mí llaman Lázaro de Tormes, hijo de Tomé González y de Antona Pérez, naturales de Tejares, aldea de Salamanca. Mi nacimiento fue dentro del río Tormes, por la cual causa tomé el sobrenombre, y fue desta manera. Mi padre, que Dios perdone, tenía cargo de proveer una molienda de una aceña que está ribera de aquel río, en la cual fue molinero más de quince años. Y estando mi madre una noche en la aceña, preñada de mí, tomole el parto y pariome allí. De manera que con verdad me puedo decir nacido en el río.

Pues siendo yo niño de ocho años, achacaron a mi padre ciertas sangrías [1] mal hechas en los costales de los que allí a moler venían, por lo cual fue preso, y confesó y no negó, y padeció persecución por justicia. Espero en Dios que está en la gloria, pues el Evangelio los llama bienaventurados. En este tiempo se hizo cierta armada contra moros, entre los cuales fue mi padre, que a la sazón estaba desterrado por el desastre [2] ya dicho, con cargo de acemilero de un caballero que allá fue. Y con su señor, como leal criado, feneció su vida.

---

[1] Entiéndase «hacer sangrías» por hurtar el grano en sacos ajenos.
[2] Por la condena.

Mi viuda madre, como sin marido y sin abrigo se viese, determinó arrimarse a los buenos por ser uno dellos, y vínose a vivir a la ciudad, y alquiló una casilla, y metiose a guisar de comer a ciertos estudiantes, y lavaba la ropa a ciertos mozos de caballos del comendador de la Magdalena, de manera que fue frecuentando las caballerizas.

Ella y un hombre moreno de aquellos que las bestias curaban[3] vinieron en conocimiento. Éste algunas veces se venía a nuestra casa y se iba a la mañana. Otras veces, de día, llegaba a la puerta, en achaque de comprar huevos, y entrábase en casa. Yo al principio de su entrada, pesábame con él y habíale miedo, viendo el color y mal gesto que tenía; mas de que vi que con su venida mejoraba el comer, fuile queriendo bien, porque siempre traía pan, pedazos de carne, y en el invierno leños, a que nos calentábamos.

De manera que, continuando la posada y conversación, mi madre vino a darme un negrito muy bonito, el cual yo brincaba[4] y ayudaba a calentar.

Y acuérdome que, estando el negro de mi padrastro trebejando[5] con el mozuelo, como el niño veía a mi madre y a mí blancos y a él no, huía de él, con miedo, para mi madre, y, señalando con el dedo, decía: «¡Madre, coco!»

Respondió él riendo: «¡Hideputa!»

Yo, aunque bien muchacho, noté aquella palabra de mi hermanico y dije entre mí: «¡Cuántos debe de haber en el mundo que huyen de otros porque no se ven a sí mismos!»

Quiso nuestra fortuna que la conversación del Zaide, que así se llamaba, llegó a oídos del mayordomo y hecha pesquisa, hallose que la mitad por medio de la cebada que

[3] Cuidaban.
[4] Jugaba levantándolo en alto y bajándolo.
[5] Jugueteando.

para las bestias le daban hurtaba, y salvados, leña, almohazas[6], mandiles[7] y las mantas y sábanas de los caballos hacía perdidas[8], y cuando otra cosa no tenía, las bestias desherraba, y con todo esto acudía a mi madre para criar a mi hermanico. No nos maravillemos de un clérigo ni fraile porque el uno hurta de los pobres y el otro de casa para sus devotas y para ayuda de otro tanto, cuando a un pobre esclavo el amor le animaba a esto.

Y probósele cuanto digo y aun más. Porque a mí, con amenazas, me preguntaban, y como niño, respondía y descubría cuanto sabía, con miedo: hasta ciertas herraduras que por mandado de mi madre a un herrero vendí.

Al triste de mi padrastro azotaron y pringaron[9] y a mi madre pusieron pena por justicia, sobre el acostumbrado centenario[10], que en casa del sobredicho comendador no entrase, ni al lastimado Zaide en la suya acogiese.

Por no echar la soga tras el caldero, la triste se esforzó y cumplió la sentencia. Y por evitar el peligro y quitarse de malas lenguas, se fue a servir a los que al presente vivían en el mesón de la Solana. Y allí, padeciendo mil importunidades, se acabó de criar mi hermanico, hasta que supo andar, y a mí hasta ser buen mozuelo, que iba a los huéspedes por vino y candelas y por lo demás que me mandaban.

En este tiempo vino a posar al mesón un ciego, el cual, pareciéndole que yo sería para adestrarle[11], me pidió a mi madre y ella me encomendó a él, diciéndole cómo era hijo de un

---

[6] Instrumento que se compone de una chapa de hierro con cuatro o cinco serrezuelas de dientes menudos y romos, y de un mango de madera o un asa, y el cual sirve para limpiar las caballerías.

[7] Bayeta para limpiar las caballerías.

[8] Robaba y decía luego que se perdieron.

[9] Echar a uno pringue (grasa que suelta el tocino) hirviendo, castigo usado en la época.

[10] Cien azotes.

[11] Adiestrarle, guiarle, ser su lazarillo.

buen [12] hombre, el cual, por ensalzar la fe, había muerto en la de los Gelves, y que ella confiaba en Dios no saldría peor hombre que mi padre y que le rogaba me tratase bien y mirase por mí, pues era huérfano.

Él respondió que así lo haría y que me recibía, no por mozo, sino por hijo. Y así le comencé a servir y adestrar a mi nuevo y viejo amo.

Como estuvimos en Salamanca algunos días, pareciéndole a mi amo que no era la ganancia a su contento, determinó irse de allí, y cuando nos hubimos de partir yo fui a ver a mi madre, y, ambos llorando, me dio su bendición y dijo:

—Hijo, ya sé que no te veré más. Procura de ser bueno, y Dios te guíe. Criado te he y con buen amo te he puesto: válete por ti.

Y así, me fui para mi amo, que esperándome estaba.

Salimos de Salamanca, y llegando a la puente, está a la entrada de ella un animal de piedra, que casi tiene forma de toro, y el ciego mandome que llegase cerca del animal, y allí puesto, me dijo:

—Lázaro; llega el oído a este toro y oirás gran ruido dentro dél.

Yo simplemente llegué, creyendo ser así. Y como sintió que tenía la cabeza par [13] de la piedra, afirmó recio la mano y diome una gran calabazada en el diablo del toro, que más de tres días me duró el dolor de la cornada y díjome:

—Necio, aprende, que el mozo del ciego un punto ha de saber más que el diablo.

Y rió mucho la burla.

[12]   Adviértase la ironía siempre que se aplica aquí el calificativo referido a quien era pícaro, truhán o ex presidiario. Se repite a lo largo de toda la obra.
[13]   Junto a, al lado de.

Pareciome que en aquel instante desperté de la simpleza en que, como niño dormido, estaba. Dije entre mí:

«Verdad dice éste, que me cumple avivar el ojo y avisar [14], pues solo soy, y pensar, cómo me sepa valer.»

Comenzamos nuestro camino, y en muy pocos días me mostró jerigonza. Y como me viese de buen ingenio, holgábase mucho y decía:

—Yo oro ni plata no te lo puedo dar; mas avisos para vivir muchos te mostraré.

Y fue así: que, después de Dios, éste me dio la vida, y siendo ciego me alumbró y adestró en la carrera de vivir.

Huelgo de contar a Vuestra Merced estas niñerías, para mostrar cuánta virtud sea saber los hombres subir siendo bajos, y dejarse bajar siendo altos, cuánto vicio.

Pues, tornando al bueno de mi ciego y contando sus cosas, Vuestra Merced sepa que, desde que Dios crió el mundo, ninguno formó más astuto ni sagaz. En su oficio era un águila. Cientos y tantas oraciones sabía de coro. Un tono bajo, reposado y muy sonable, que hacía resonar la iglesia por donde rezaba; un rostro humilde y devoto, que con muy buen continente ponía cuando rezaba, sin hacer gestos ni visajes con boca ni ojos, como otros suelen hacer.

Allende desto, tenía otras mil formas y maneras para sacar el dinero. Decía saber oraciones para muchos y diversos efectos, para mujeres que no parían, para las que estaban de parto, para las que eran malcasadas que sus maridos las quisiesen bien. Echaba pronósticos a las preñadas: si traía hijo o hija.

Pues en caso de medicina, decía que Galeno no supo la mitad que él para muela, desmayos, males de madre. Finalmente, nadie le decía padecer alguna pasión que luego no le decía:

[14] Ser avisado, ser listo.

«Haced esto, haréis estotro, coged tal hierba, tomad tal raíz.»

Con esto andábase todo el mundo tras él, especialmente mujeres, que cuanto les decía creían. Déstas sacaba él grandes provechos con las artes que digo, y ganaba más en un mes que cien ciegos en un año.

Mas también quiero que sepa Vuestra Merced que, con todo lo que adquiría y tenía, jamás tan avariento ni mezquino hombre no vi; tanto, que me mataba a mí de hambre, y así no me demediaba[15] de lo necesario. Digo verdad; si con mi sutileza y buenas mañas no me supiera remediar, muchas veces me finara de hambre; mas con todo su saber y aviso, le contaminaba de tal suerte, que siempre, o las más veces, me cabía lo más y mejor. Para esto le hacía burlas endiabladas, de las cuales contaré algunas, aunque no todas a mi salvo. Él traía el pan y todas las otras cosas en un fardel de lienzo, que por la boca se cerraba con una argolla de hierro y su candado y su llave, y al meter todas las cosas y sacarlas, era con tan gran vigilancia y tanto por contadero, que no bastara hombre en todo el mundo hacerle menos una migaja. Mas yo tomaba aquella laceria[16] que él me daba, la cual en menos de dos bocados era despachada.

Después que cerraba el candado y se descuidaba, pensando que yo estaba entendiendo en otras cosas, por un poço de costura, que muchas veces de un lado del fardel descosía y tornaba a coser, sangraba el avariento fardel, sacando no por tasa pan, mas buenos pedazos, torreznos y longaniza. Y así buscaba conveniente tiempo para rehacer, no la chaza, sino la endiablada falta que el mal ciego me faltaba.

---

[15] Repartir en dos mitades, dar la mitad.
[16] Laceria: miseria, pobreza.

Todo lo que podía sisar y hurtar traía en medias blancas [17] y cuando le mandaban rezar y le daban blancas, como él carecía de vista, no había el que se la daba amagado con ella, cuando yo la tenía lanzada en la boca y la media aparejada, que por presto que él echaba la mano, ya iba de mi cambio aniquilada en la mitad del justo precio. Quejábaseme el mal ciego, porque al tiento luego conocía y sentía que no era blanca entera, y decía:

—¿Qué diablo es esto, que después que conmigo estás no me dan sino medias blancas, y de antes una blanca y un maravedí hartas veces me pagaban? En ti debe estar esta desdicha.

También él abreviaba el rezar y la mitad de la oración no acababa, porque me tenía mandado que en yéndose el que la mandaba rezar, le tirase por cabo del capuz. Yo así lo hacía. Luego él tornaba a dar voces, diciendo:

«¿Mandan rezar tal y tal oración?», como suelen decir.

Usaba poner cabe sí [18] un jarrillo de vino, cuando comíamos, y yo muy de presto le asía y daba un par de besos callados y tornábale a su lugar. Mas durome poco. Que en los tragos conocía la falta, y por reservar su vino a salvo nunca después desamparaba el jarro, antes lo tenía por el asa asido. Mas no había piedra imán que así trajese a sí como yo con una paja larga de centeno, que para aquel menester tenía hecha, la cual, metiéndola en la boca del jarro, chupado el vino lo dejaba a buenas noches. Mas, como fuese el traidor tan astuto, pienso que me sintió, y dende en adelante mudó propósito y asentaba su jarro entre las piernas y atapábale con la mano, y así bebía seguro.

[17] Dinero menudo, de poco valor.
[18] Junto a él.

Yo, como estaba hecho al vino, moría por él, y viendo que aquel remedio de la paja no me aprovechaba ni valía, acordé, en el suelo del jarro hacerle una fuentecilla y agujero sutil, y delicadamente, con una muy delgada tortilla de cera, taparlo, y al tiempo de comer, fingiendo haber frío, entrábame entre las piernas del triste ciego a calentarme en la pobrecilla lumbre que teníamos, y al calor della, luego derretida la cera, por ser muy poca, comenzaba la fuentecilla a destilarme en la boca, la cual yo de tal manera ponía, que maldita la gota se perdía. Cuando el pobreto iba a beber, no hallaba nada.

Espantábase, maldecíase, daba al diablo el jarro y el vino, no sabiendo qué podía ser.

—No diréis, tío, que os lo bebo yo —decía—, pues no le quitáis de la mano.

Tantas vueltas y tientos dio al jarro, que halló la fuente y cayó en la burla; mas así lo disimuló como si no lo hubiera sentido.

Y luego, otro día, teniendo yo rezumando mi jarro como solía, no pensando el daño que me estaba aparejado ni que el mal ciego me sentía, senteme como solía; estando recibiendo aquellos dulces tragos, mi cara puesta hacia el cielo, un poco cerrados los ojos por mejor gustar el sabroso licor, sintió el desesperado ciego que agora tenía tiempo de tomar de mí venganza, y con toda su fuerza, alzando con dos manos aquel dulce y amargo jarro, le dejó caer sobre mi boca, ayudándose, como digo, con todo su poder, de manera que el pobre Lázaro, que de nada desto se guardaba, antes, como otras veces, estaba descuidado y gozoso, verdaderamente me pareció que el cielo, con todo lo que en él hay, me había caído encima.

Fue tal el golpecillo, que me desatinó y sacó de sentido, y el jarrazo tan grande, que los pedazos de él se me metieron por la cara, rompiéndomela por muchas partes, y me quebró los dientes, sin los cuales hasta hoy día me quedé. Desde aquella hora quise mal al mal ciego, y, aunque me quería y regalaba y me curaba, bien vi que se había holgado del cruel castigo. Lavome con vino las roturas que con los pedazos del jarro me había hecho, y, sonriéndose, decía:

—¿Qué te parece, Lázaro? Lo que te enfermó te sana y da salud.

Y otros donaires, que a mi gusto no lo eran.

Ya que estuve medio bueno de mi negra trepa y cardenales, considerando que a pocos golpes tales el cruel ciego ahorraría de mí, quise yo ahorrar de él; mas no lo hice tan presto por hacerlo más a mi salvo y provecho. Aunque yo quisiera asentar mi corazón y perdonarle el jarrazo, no daba lugar al maltratamiento que el mal ciego dende allí en adelante me hacía, que sin causa ni razón me hería, dándome coscorrones y repelándome [19].

Y si alguno le decía por qué me trataba tan mal, luego contaba el cuento del jarro, diciendo:

—¿Pensaréis que este mi mozo es algún inocente? Pues oíd si el demonio ensayara otra tal hazaña.

Santiguándose los que lo oían, decían:

—¡Mira quién pensara de un muchacho tan pequeño tal ruindad!

Y reían mucho del artificio, y decíanle:

—Castigadlo, castigadlo, que de Dios lo habréis.

Y él, con aquello, nunca otra cosa hacía.

Y en esto yo siempre le llevaba por los peores caminos y adrede, por le hacer mal daño: si había piedras, por ellas; si lodo, por lo más alto. Que aunque yo no iba por lo más enjuto, holgábame a mí de quebrar un ojo por quebrar dos al que

---

[19] Arrancar el pelo.

ninguno tenía. Con esto siempre con el cabo alto del tiento me atentaba el colodrillo, el cual siempre traía lleno de tolondrones y pelado de sus manos. Y aunque yo juraba no lo hacer con malicia, sino por no hallar mejor camino, no me aprovechaba ni me creía más: tal era el sentido y el grandísimo entendimiento del traidor.

Y porque vea Vuestra Merced a cuánto se extendía el ingenio de este astuto ciego, contaré un caso de muchos que con él me acaecieron, en el cual me parece dio bien a entender su gran astucia. Cuando salimos de Salamanca, su motivo fue venir a tierra de Toledo. Porque decía ser la gente más rica, aunque no muy limosnera. Arrimábase a este refrán: «Más da el duro que el desnudo.» Y vinimos a este camino por los mejores lugares. Donde hallaba buena acogida y ganancia, deteníamonos; donde no, a tercero día hacíamos San Juan [20].

Acaeció que, llegando a un lugar que llaman Almorox al tiempo que cogían las uvas, un vendimiador le dio un racimo dellas en limosna. Y como suelen ir los cestos maltratados, y también porque la uva en aquel tiempo está muy madura, desgranábasele el racimo en la mano. Para echarlo en el fardel tornábase mosto, y lo que a él se llegaba.

Acordó de hacer un banquete, así por no lo poder llevar como por contentarme: que aquel día me había dado muchos rodillazos y golpes. Sentámonos a un valladar y dijo:

—Agora, quiero yo usar contigo de una liberalidad, y es que ambos comamos este racimo de uvas y que hayas de él tanta parte como yo. Partirlo hemos de esta manera: tú picarás una vez y yo otra, con tal que me prometas no tomar cada vez más de una uva. Yo haré lo mismo hasta que lo acabemos, y de esta suerte no habrá engaño.

[20]   Irse, mudarse. «Día de San Juan, mudar casa, amo o mozo.»

Hecho así el concierto, comenzamos; mas luego el segundo lance, el traidor mudó propósito, y comenzó a tomar de dos en dos, considerando que yo debría hacer lo mismo. Como vi que él quebraba la postura, no me contenté ir a la par con él; más aún pasaba adelante: dos a dos y tres a tres, y como podía las comía. Acabado el racimo, estuvo un poco con el escobajo en la mano, y meneando la cabeza, dijo:

—Lázaro: engañado me has. Juraré yo a Dios que has tú comido las uvas de a tres.

—No comí —dije yo—; mas, ¿por qué sospecháis eso?

Respondió el sagacísimo ciego:

—¿Sabes en qué veo que las comistes tres a tres? En que comía yo dos a dos y callabas.

A lo cual yo no respondí. Yendo que íbamos así por debajo de unos soportales, en Escalona, adonde a la sazón estábamos en casa de un zapatero, había muchas sogas y otras cosas que de esparto se hacen, y parte de ellas dieron a mi amo en la cabeza. El cual, alzando la mano, tocó en ellas, y viendo lo que era díjome:

—*Anda presto, muchacho: salgamos de entre tan mal manjar, que ahoga sin comerlo.*

Yo, que bien descuidado iba de aquello, miré lo que era, y como no vi sino sogas y cinchas, que no era cosa de comer, díjele:

—*Tío, ¿por qué decís eso?*

Respondiome:

—*Calla, sobrino; según las mañas que llevas, lo sabrás y verás cómo digo verdad.*

Y así pasamos adelante por el mismo portal, y llegamos a un mesón, a la puerta del cual había muchos cuernos en la pared, donde ataban los recueros sus bestias, y como iba tentado si era allí el mesón adonde él rezaba cada día por la me-

*sonera la oración de la emparedada, asió de un cuerno, y con
un gran suspiro dijo:*

—*¡Oh, mala cosa, peor que tiene la hechura! ¡De
cuántos eres deseado poner tu nombre sobre cabeza ajena y
de cuán pocos tenerte ni aun oír tu nombre por ninguna vía!*

Como le oí lo que decía, dije:

—*Tío, ¿qué es esto que decís?*

—*Calla, sobrino, que algún día te dará éste que en la
mano tengo alguna mala comida y cena.*

—*No le comeré yo —dije—, y no me la dará.*

—*Yo te digo verdad; si no, verlo has, si vives.*

*Y así pasamos adelante, hasta la puerta del mesón,
adonde pluguiere a Dios nunca allá llegáramos, según lo que
me sucedía en él.*

*Era, todo lo más que rezaba, por mesoneras, y por bo-
degoneras y turroneras y rameras, y así por semejantes mujercillas, que por hombre casi nunca le vi decir oración*[21].

Reíme entre mí, y, aunque muchacho, noté mucho la
discreta consideración del ciego.

Mas, por no ser prolijo, dejo de contar muchas cosas,
así graciosas como de notar, que con este mi primer amo me
acaecieron, y quiero decir el despidiente y con él acabar.
Estábamos en Escalona, villa del duque della, en un mesón, y
diome un pedazo de longaniza que le asase. Ya que la longaniza había pringado y comídose las pringadas sacó un maravedí de la bolsa y mandó que fuese por él de vino a la taberna.
Púsome el demonio el aparejo delante de los ojos, el cual, como suelen decir, hace al ladrón, y fue que había cabe el fuego
un nabo pequeño, larguillo y ruinoso, y tal que, por no ser para la olla, debió ser echado allí.

---

[21] Todo lo que va en cursiva pertenece a una interpolación de mano ajena al autor,
aunque bien pudiera haberla aceptado y corregido.

Y como al presente nadie estuviese sino él y yo solos, y como me vi con apetito goloso, habiéndome puesto dentro el sabroso olor de la longaniza, del cual solamente sabía que había de gozar, no mirando qué me podría suceder, pospuesto todo el temor por cumplir con el deseo, en tanto que el ciego sacaba de la bolsa el dinero, saqué la longaniza y muy presto metí el sobredicho nabo en el asador. El cual, mi amo, dándome el dinero para el vino, tomó y comenzó a dar vueltas al fuego, queriendo asar al que de ser cocido, por sus deméritos, había escapado.

Yo fui por el vino, con el cual no tardé en despachar la longaniza, y cuando vine hallé al pecador del ciego que tenía entre dos rebanadas apretado el nabo, al cual aún no había conocido por no lo haber tentado con la mano. Como tomase las rebanadas y mordiese en ellas, pensando también llevar parte de la longaniza, hallose en frío con el frío nabo. Alterose y dijo:

—¿Qué es esto, Lazarillo?

—¡Lacerado de mí! —dije yo—. ¿Si queréis a mí echar algo? ¿Yo no vengo de traer el vino? Alguno estaba ahí y por burlar haría esto.

—No, no —dijo él—, que yo no he dejado el asador de la mano; no es posible.

Yo torné a jurar y perjurar que estaba libre de aquel trueco y cambio; mas poco me aprovechó, pues a las astucias del maldito ciego nada se le escondía. Levantose y asiome por la cabeza y llegose a olerme. Y como debió sentir al huelgo, a uso de buen podenco, por mejor satisfacer de la verdad y con la gran agonía que llevaba, asiéndome con las manos abríame la boca más de su derecho y desatentadamente metía la nariz. La cual tenía luenga y afilada, y a aquella sazón, con el enojo, se había aumentado un palmo. Con el pico de la cual me llegó a la gulilla.

Y con esto, y con el gran miedo que tenía, y con la brevedad del tiempo, la negra longaniza aún no había hecho asiento en el estómago; y lo más principal: con el destiento de la cumplidísima nariz medio casi ahogándome, todas estas cosas se juntaron y fueron causa que el hecho y golosina se manifestase y lo suyo fuese vuelto a su dueño. De manera que, antes que el mal ciego sacase de mi boca su trompa, tal alteración sintió mi estómago, que le dio con el hurto en ella, de suerte que su nariz y la negra mal mascada longaniza a un tiempo salieron de mi boca.

¡Oh, gran Dios, quién estuviera a aquella hora sepultado, que muerto ya lo estaba! Fue tal el coraje del perverso ciego, que si al ruedo no acudieran, pienso que no me dejara con la vida. Sacáronme de entre sus manos, dejándoselas llenas de aquellos pocos cabellos que tenía, arañada la cara y rascuñado el pescuezo y la garganta. Y esto bien lo merecía, pues por su maldad me venían tantas persecuciones.

Contaba el mal ciego a todos cuantos allí se allegaban mis desastres, y dábales cuenta una y otra vez, así de la del jarro como de la del racimo y agora de lo presente. Era la risa de todos tan grande, que toda la gente que por la calle pasaba entraba a ver la fiesta; mas con tanta gracia y donaire recontaba el ciego mis hazañas, que, aunque yo estaba tan maltratado y llorando, me parecía que hacía sinjusticia en no se las reír.

Y en cuanto esto pasaba, a la memoria me vino una cobardía y flojedad que hice porque me maldecía, y fue no dejarle sin narices, pues tan buen tiempo tuve para ello, que la mitad del camino estaba andado. Que con sólo apretar los dientes se me quedaran en casa, y, con ser de aquel malvado, por ventura lo detuviera mejor mi estómago que retuvo la longaniza, y no pareciendo ellas pudiera negar la demanda. Pluguiera a Dios que lo hubiera hecho, que eso fuera así que así.

Hiciéronnos amigos la mesonera y los que allí estaban, y con el vino que para beber le había traído laváronme la cara y la garganta. Sobre lo cual discantaba[22] el mal ciego donaires, diciendo:

—Por verdad, más vino me gasta este mozo en lavatorios al cabo de año que yo bebo en dos. A lo menos, Lázaro, eres en más cargo al vino que a tu padre, porque él una vez te engendró, mas el vino mil te ha dado la vida.

Y luego contaba cuántas veces me había descalabrado y arpado la cara y con vino luego sanaba.

—Ya te digo —dijo— que si hombre en el mundo ha de ser bienaventurado con vino, que serás tú.

Y reían mucho, los que me lavaban, con esto, aunque yo renegaba. Mas el pronóstico del ciego no salió mentiroso, y después acá muchas veces me acuerdo de aquel hombre, que sin duda debía tener espíritu de profecía, y me pesa de los sinsabores que le hice, aunque bien se lo pagué, considerando lo que aquel día me dijo salirme tan verdadero como adelante Vuestra Merced oirá.

Visto esto y las malas burlas que el ciego burlaba de mí, determiné de todo en todo dejarle, y como lo traía pensado y lo tenía en voluntad, con este postrer juego que me hizo afirmelo más. Y fue así que luego otro día salimos por la villa a pedir limosna y había llovido mucho la noche antes. Y porque el día también llovía y andaba rezando debajo de unos portales que en aquel pueblo había donde no nos mojamos; mas como la noche se venía y el llover no cesaba, díjome el ciego:

22 Glosar cualquier materia, hablar mucho sobre ella.

—Lázaro: esta agua es muy porfiada, y cuanto la noche más cierra, más recia. Acojámonos a la posada con tiempo.

Para ir allá habíamos de pasar un arroyo, que con la mucha agua iba grande.

Yo le dije:

—Tío: el arroyo va muy ancho; mas si queréis, yo veo por dónde atravesamos más aína sin nos mojar, porque se estrecha allí mucho, y saltando pasaremos a pie enjuto.

Pareciole buen consejo y dijo:

—Discreto eres; por esto te quiero bien. Llévame a ese lugar donde el arroyo se ensangosta, que agora es invierno y sabe mal el agua, y más llevar los pies mojados.

Yo que vi el aparejo a mi deseo, saquele debajo de los portales y llevelo derecho de un pilar o poste de piedra que en la plaza estaba, sobre el cual y sobre otros cargaban saledizos de aquellas casas, y dígole:

—Tío: este es el paso más angosto que en el arroyo hay.

Como llovía recio y el triste se mojaba, y con la prisa que llevábamos de salir del agua, que encima se nos caía, y, lo más principal, porque Dios le cegó aquella hora del entendimiento (fue por darme de él venganza), creyose de mí y dijo:

—Ponme bien derecho y salta tú el arroyo.

Yo le puse bien derecho enfrente del pilar, y doy un salto y póngome detrás del poste, como quien espera tope de toro, y díjele:

—¡Sus! Salta todo lo que podáis, porque deis deste cabo del agua.

Aún apenas lo había acabado de decir cuando se abalanza el pobre ciego como cabrón y de toda su fuerza arremete, tomando un paso atrás de la corrida para hacer mayor salto y da con la cabeza en el poste, que sonó tan recio como si diera con una gran calabaza, y cayó luego para atrás medio muerto y hendida la cabeza.

—¿Cómo, y oliste la longaniza y no el poste? ¡Olé! ¡Olé! —le dije yo.

Y dejele en poder de mucha gente que lo había ido a socorrer, y tomé la puerta de la villa en los pies de un trote, y antes que la noche viniese, di conmigo en Torrijos. No supe más lo que Dios dél hizo, ni curé de lo saber.

TRATADO SEGUNDO

CÓMO LÁZARO SE ASENTÓ CON UN CLÉRIGO, Y DE LAS COSAS QUE CON ÉL PASÓ

Otro día, no pareciéndome estar allí seguro, fuime a un lugar que llaman Maqueda, adonde me toparon mis pecados con un clérigo, que, llegando a pedir limosna, me preguntó si sabía ayudar a misa. Yo dije que sí, como era verdad. Que, aunque maltratado, mil cosas buenas me mostró el pecador del ciego, y una dellas fue ésta. Finalmente, el clérigo me recibió por suyo.

Escapé del trueno y di en el relámpago. Porque era el ciego para con éste un Alejandro Magno, con ser la misma avaricia, como he contado. No digo más, sino que toda la laceria del mundo estaba encerrada en éste. No sé si de su cosecha era o lo había anexado con el hábito de clerecía.

Él tenía un arcaz viejo y cerrado con su llave, la cual traía atada con una agujeta del paletoque [1]. Y en viniendo el bodigo [2] de la iglesia, por su mano era luego allí lanzado y tornaba a cerrar el arca. Y en toda la casa no había ninguna cosa de comer, como suele estar en otras: algún tocino colgado al humero, algún queso puesto en alguna tabla o en el armario,

---

[1] Género de capotillo de dos haldas, como escapulario, largo hasta las rodillas y sin mangas. Lo usan en varias serranías y antiguamente sobre las armas los soldados.
[2] Panecillo hecho de la flor de la harina, que se suele llevar a la iglesia por ofrenda.

algún canastillo con algunos pedazos de pan que de la mesa sobran. Que me parece a mí que, aunque dello no me aprovechara, con la vista dello me consolara.

Solamente había una horca de cebollas, y tras la llave, en una cámara en lo alto de la casa. Déstas tenía yo de ración una para cada cuatro días, y cuando le pedía la llave para ir por ella, si alguno estaba presente, echaba mano al falsopecto [3] y con gran continencia la desataba y me la daba diciendo:

—Toma y vuélvela luego y no hagas sino golosinar.

Como si debajo de ella estuvieran todas las conservas de Valencia, con no haber en la dicha cámara, como dije, maldita la otra cosa que las cebollas colgadas de un clavo. Las cuales él tenía tan bien por cuenta que, si por males de mis pecados me desmandara a más de mi tasa, me costara caro.

Finalmente, yo me finaba [4] de hambre.

Pues, ya que conmigo tenía poca caridad, consigo usaba más. Cinco blancas de carne era su ordinario para comer y cenar. Verdad es que partía conmigo del caldo. Que de la carne, ¡tan blanco el ojo! [5], sino un poco de pan, y pluguiera a Dios que me demediara.

Los sábados cómense en esta tierra cabezas de carnero, y enviábame por una, que costaba tres maravedíes. Aquélla la cocía y comía los ojos, y la lengua, y el cogote, y sesos, y la carne que en las quijadas tenía, y dábame todos los huesos roídos. Y dábamelos en el plato, diciendo: «Toma, come, triunfa, que para ti es el mundo. Mejor vida tienes que el Papa.»

«Tal te la dé Dios», decía yo paso entre mí.

Al cabo de tres semanas que estuve con él vine a tanta flaqueza, que no me podía tener en las piernas de pura ham-

---

[3] Especie de bolsa debajo de la camisa.
[4] Moría.
[5] Entiéndase, «me quedaba tan en blanco como el blanco del ojo.»

bre. Vime claramente ir a la sepultura, si Dios y mi saber no me remediaran. Para usar de mis mañas no tenía aparejo, por no tener en qué darle salto. Y aunque algo hubiera, no podía cegarle, como hacía al que Dios perdone, si de aquella calabazada feneció. Que todavía, aunque astuto, con faltarle aquel preciado sentido, no me sentía; mas estotro, ninguno hay que tan aguda vista tuviese como él tenía.

Cuando al ofertorio estábamos, ninguna blanca en la concha caía que no era de él registrada. Él un ojo tenía en la gente y el otro en mis manos. Bailábanle los ojos en el casco como si fueran de azogue. Cuantas blancas ofrecían tenía por cuenta. Y acabado el ofrecer, luego me quitaba la concheta y la ponía sobre el altar.

No era yo señor de asirle una blanca todo el tiempo que con él viví o, por mejor decir, morí. De la taberna nunca le traje una blanca de vino; mas aquel poco que de la ofrenda había metido en su arcaz compensaba de tal forma que le duraba toda la semana.

Y por ocultar su gran mezquindad decíame:

—Mira, mozo; los sacerdotes han de ser muy templados en su comer y beber, y por esto yo no me desmando como otros.

Mas el lacerado mentía falsamente, porque en cofradías y mortuorios que rezamos, a costa ajena comía como un lobo y bebía más que un saludador.

Y porque dije de mortuorios, Dios me perdone, que jamás fui enemigo de la naturaleza humana sino entonces. Y esto era porque comíamos bien y me hartaban. Deseaba y aun rogaba a Dios que cada día matase el suyo. Y cuando dábamos sacramento a los enfermos, especialmente la extremaunción, como manda el clérigo rezar a los que están allí, yo cierto no era el postrero de la oración, y con todo mi corazón y buena

45

voluntad rogaba al Señor, no que le echase a la parte que más servido fuese, como se suele decir, mas que le llevase de aqueste mundo.

Y cuando alguno déstos escapaba, Dios me lo perdone, que mil veces le daba al diablo. Y el que se moría, otras tantas bendiciones llevaba de mí dichas. Porque en todo el tiempo que allí estuve, que sería casi seis meses, solas veinte personas fallecieron, y éstas bien creo que las maté yo, o por mejor decir, murieron a mi recuesta [6]. Porque viendo el Señor mi rabiosa y continua muerte, pienso que holgaba de matarlos por darme a mí vida. Mas de lo que al presente padecía, remedio no hallaba. Que si el día que enterrábamos yo vivía, los días que no había muerto, por quedar bien vezado [7] de la hartura, tornando a mi cuotidiana hambre, más lo sentía. De manera que en nada hallaba descanso, salvo en la muerte, que yo también para mí, como para los otros, deseaba algunas veces; mas no la veía, aunque estaba siempre en mí.

Pensé muchas veces irme de aquel mezquino amo; mas por dos cosas no lo dejaba: la primera, por no me atrever a mis piernas, por temer de la flaqueza, que de pura hambre me venía; y la otra, consideraba y decía:

«Yo he tenido dos amos: el primero traíame muerto de hambre, y, dejándole, topé con estotro, que me tiene ya con ella en la sepultura; pues si déste desisto y doy en otro más bajo, ¿qué será sino fenecer?»

Con esto no me osaba menear. Porque tenía por fe que todos los grados había de hallar más ruines. Y a bajar otro punto, no sonaba Lázaro ni se oyera en el mundo.

Pues estando en tal aflicción, cual plega al Señor librar de ella a todo fiel cristiano, y sin saber darme consejo, vién-

---

[6] Deseo, demanda.
[7] Acostumbrado.

dome ir de mal en peor, un día que el cuitado, ruin y lacerado de mi amo había ido fuera del lugar, llegose acaso a mi puerta un calderero, el cual yo creo que fue ángel enviado a mí por la mano de Dios en aquel hábito. Preguntome si tenía algo que adobar.

—En mí teníades bien que hacer y no haríades poco si me remediásedes —dije paso, que no me oyó.

Mas como no era tiempo de gastarlo en decir gracias, alumbrado por el Espíritu Santo le dije:

—Tío, una llave deste arte he perdido, y temo mi señor me azote. Por vuestra vida, veáis si en ésas que traéis hay alguna que le haga, que yo os lo pagaré.

Comenzó a probar el angélico calderero una y otra de un gran sartal que de ellas traía, y yo a ayudarle con mis flacas oraciones. Cuando no me cato, veo en figura de panes, como dicen, la cara de Dios dentro del arcaz. Y, abierto, díjele:

—Yo no tengo dineros que os dar por la llave; mas tomad de ahí el pago.

Él tomó un bodigo de aquéllos, el que mejor le pareció, y, dándome mi llave, se fue muy contento, dejándome más a mí.

Mas no toqué en nada por el presente, porque no fuese la falta sentida, y aun porque me vi de tanto bien señor pareciome que la hambre no se me osaba allegar. Vino el mísero de mi amo, y quiso Dios no miró en la oblada [8] que el ángel había llevado.

Y otro día, en saliendo de mi casa, abro mi paraíso panal y tomo entre las manos y dientes un bodigo, y en dos credos le hice invisible, no se me olvidando el arca abierta. Y comienzo a barrer la casa con mucha alegría, pareciéndome

[8] Ofrenda.

con aquel remedio remediar dende en adelante la triste vida. Y así estuve con ello aquel día y otro gozoso. Mas no estaba en mi dicha que me durase mucho aquel descanso; porque luego, al tercer día, me vino la terciana[9] derecha.

Y fue que veo a deshora al que me mataba de hambre sobre nuestro arcaz, volviendo y revolviendo, contando y tornando a contar los panes. Yo disimulaba, y en mi secreta oración y devociones y plegarias decía:

«¡San Juan, y ciégale!»

Después que estuvo un gran rato echando la cuenta, por días y dedos contando, dijo:

—Si no tuviera a tan buen recaudo esta arca, yo dijera que me habían tomado de ella panes; pero de hoy más, sólo por cerrar la puerta a la sospecha, quiero tener buena cuenta con ellos: nueve quedan y un pedazo.

«¡Nuevas malas te dé Dios!», dije yo entre mí.

Pareciome con lo que dijo pasarme el corazón con saeta de montero, y comenzome el estómago a escarbar de hambre, viéndose puesto en la dieta pasada. Fue fuera de casa. Yo, por consolarme, abro el arca, y como vi el pan, comencelo de adorar, no osando recibirlo. Contelos, si a dicha el lacerado se errara, y hallé su cuenta más verdadera que yo quisiera. Lo más que yo pude hacer fue dar en ellos mil besos, y lo más delicado que yo pude, del partido partí un poco al pelo que él estaba, y con aquél pasé aquel día, no tan alegre como el pasado.

Mas como la hambre creciese, mayormente que tenía el estómago hecho a más pan aquellos dos o tres días ya dichos, moría mala muerte; tanto que otra cosa no hacía en viéndome solo, sino abrir y cerrar el arca y contemplar en aquella cara de Dios, que así dicen los niños. Mas el mismo Dios, que soco-

---

[9] Calentura intermitente que repite cada tercer día.

rre a los afligidos, viéndome en tal estrecho, trajo a mi memoria un pequeño remedio. Que considerando entre mí, dije:

«Este arquetón es viejo y grande y roto por algunas partes, aunque pequeños agujeros. Puédese pensar que ratones, entrando en él, hacen daño a este pan. Sacarlo entero no es cosa conveniente, porque verá la falta el que en tanta me hace vivir. Esto bien se sufre.»

Y comienzo a desmigajar el pan sobre unos no muy costosos manteles que allí estaban, y tomo uno y dejo otro, de manera que en cada cual de tres o cuatro desmigajé su poco. Después, como quien toma gragea, lo comí, y algo me consolé. Mas él, como viniese a comer y abriese el arca, vio el mal pesar, y sin duda creyó ser ratones los que el daño habían hecho. Porque estaba muy al propio contrahecho de como ellos lo suelen hacer. Miró todo el arcaz de un cabo a otro y violé ciertos agujeros, por do sospechaba habían entrado. Llamome diciendo:

—¡Lázaro! ¡Mira, mira, qué persecución ha venido aquesta noche por nuestro pan!

Yo híceme muy maravillado, preguntándole qué sería.

—¡Qué ha de ser! —dijo él—. Ratones, que no dejan cosa a vida.

Pusímonos a comer, y quiso Dios que aun en esto me fue bien. Que me cupo más pan que la laceria que me solía dar. Porque rayó con un cuchillo todo lo que pensó ser ratonado, diciendo:

—Cómete eso, que el ratón cosa limpia es.

Y así, aquel día, añadiendo la ración del trabajo de mis manos, o de mis uñas, por mejor decir, acabamos de comer, aunque yo nunca empezaba.

Y luego me vino otro sobresalto, que fue verle andar solícito quitando clavos de las paredes y buscando tablillas, con las cuales clavó y cerró todos los agujeros de la vieja arca.

«¡Oh, Señor mío! —dije yo entonces—. ¡A cuánta miseria y fortuna y desastres estamos puestos los nacidos y cuán poco duran los placeres desta nuestra trabajosa vida! Heme aquí que pensaba con este pobre y triste remedio remediar y pasar mi laceria y estaba ya cuanto que alegre y de buena ventura. Mas no quiso mi desdicha, despertando a este lacerado de mi amo y poniéndole más diligencia de la que él de suyo se tenía (pues los míseros por la mayor parte nunca de aquélla carecen), agora, cerrando los agujeros del arca, cerrase la puerta a mi consuelo y la abriese a mis trabajos.»

Así lamentaba yo, en tanto que mi solícito carpintero, con muchos clavos y tablillas, dio fin a sus obras diciendo:

—Agora, donos [10] traidores ratones, conviéneos mudar propósito, que en esta casa mala medra tenéis.

De que salió de su casa, voy a ver la obra, y hallé que no dejó en la triste y vieja arca agujero ni aun por donde le pudiese entrar un mosquito. Abro con mi desaprovechada llave, sin esperanza de sacar provecho, y vi dos o tres panes comenzados, los que mi amo creyó ser ratonados, y de ellos todavía saqué alguna laceria, tocándolos muy ligeramente, a uso de esgrimidor diestro. Como la necesidad sea tan gran maestra, viéndome con tanta siempre, noche y día estaba pensando la manera que tendría en sustentar el vivir. Y pienso, para hallar estos negros remedios, que me era luz la hambre, pues dicen que el ingenio con ella se avisa y al contrario con la hartura, y así será por cierto en mí.

Pues estando una noche desvelado en este pensamiento, pensando cómo me podría valer y aprovecharme del arcaz,

[10] Plural de don.

sentí que mi amo dormía, porque lo mostraba con roncar y en unos resoplidos grandes que daba cuando estaba durmiendo. Levanteme muy quedito, y, habiendo en el día pensado lo que había de hacer y dejando un cuchillo viejo que por allí andaba en parte do le hallase, voyme al triste arcaz, y por do había mirado tener menos defensa le acometí con el cuchillo, que a manera de barreno dél usé. Y como la antiquísima arca, por ser de tantos años, la hallase sin fuerza y corazón, antes muy blanda y carcomida, luego se me rindió y consintió en su costado, por mi remedio, un buen agujero. Esto hecho, abro muy paso la llagada arca, y, al tiento del pan que hallé partido, hice según de yuso está escrito. Y con aquello algún tanto consolado, tornando a cerrar me volví a mis pajas, en las cuales reposé y dormí un poco.

Lo cual yo hacía mal y echábalo al no comer. Y así sería, porque cierto en aquel tiempo no me debían de quitar el sueño los cuidados del rey de Francia.

Otro día fue por el señor mi amo visto el daño así del pan como del agujero que yo había hecho, y comenzó a dar al diablo los ratones y decir:

—¿Qué diremos a esto? ¡Nunca haber sentido ratones en esta casa sino agora!

Y sin duda debía de decir verdad. Porque si casa había de haber en el reino justamente de ellos privilegiada, aquélla, de razón había de ser, porque no suelen morar donde no hay qué comer. Torna a buscar clavos por la casa y por las paredes y tablillas y a tapárselos. Venida la noche y su reposo, luego era yo puesto en pie con mi aparejo, y cuantos él tapaba de día destapaba yo de noche.

En tal manera fue y tal prisa nos dimos, que sin duda por esto debió decir: «Donde una puerta se cierra, otra se abre.» Finalmente, parecíamos tener a destajo la tela de

Penélope, pues cuanto él tejía de día rompía yo de noche. Y en pocos días y noches pusimos la pobre despensa de tal forma que quien quisiera propiamente de ella hablar, más corazas viejas de otro tiempo que no arcaz la llamara, según la clavazón y tachuelas sobre sí tenía.

De que vio no le aprovechar nada su remedio dijo:

—Este arcaz está tan maltratado y es de madera tan vieja y flaca, que no habrá ratón a quien se defienda. Y va ya tal, que si andamos más con él nos dejará sin guarda. Y aun lo peor que, aunque hace poca, todavía hará falta faltando y me pondrá en costa de tres o cuatro reales. El mejor remedio que hallo, pues el de hasta aquí no aprovecha, armaré por de dentro a estos ratones malditos.

Luego buscó prestada una ratonera, y con cortezas de queso que a los vecinos pedía, contino [11] el gato [12] estaba armado dentro del arca. Lo cual era para mí singular auxilio. Porque, puesto caso que yo no había menester muchas salsas para comer, todavía me holgaba con las cortezas del queso que de la ratonera sacaba, y sin esto no perdonaba el ratonar del bodigo.

Como hallase el pan ratonado y el queso comido y no cayese el ratón que lo comía, dábase al diablo, preguntaba a los vecinos qué podría ser comer el queso y sacarlo de la ratonera y no caer ni quedar dentro el ratón y hallar caída la trampilla del gato.

Acordaron los vecinos no ser el ratón el que este daño hacía, porque no fuera menos de haber caído alguna vez. Díjole un vecino:

[11] Continuamente.
[12] Llave que suelta el dispositivo de la ratonera.

52

—En vuestra casa yo me acuerdo que solía andar una culebra, y ésta debe de ser, sin duda. Y lleva razón, que como es larga, tiene lugar de tomar el cebo, y aunque la coja la trampilla encima, como no entra toda dentro, tórnase a salir.

Cuadró a todo lo que aquél dijo y alteró mucho a mi amo, y dende en adelante no dormía tan a sueño suelto. Que cualquier gusano de la madera que de noche sonase pensaba ser la culebra que le roía el arca. Luego era puesto en pie, y con un garrote que a la cabecera, desde que aquello le dijeron, ponía, daba en la pecadora del arca grandes garrotazos, pensando espantar la culebra. A los vecinos despertaba con el estruendo que hacía y a mí no me dejaba dormir. Íbase a mis pajas y trastornábalas, y a mí con ellas, pensando que se iba para mí y se envolvía en mis pajas o en mi sayo. Porque le decían que de noche acaecía a estos animales, buscando calor, irse a las cunas donde están criaturas y aun morderlas y hacerles peligrar.

Yo las más veces hacía del dormido, y en la mañana decíame él:

—¿Esta noche, mozo, no sentiste nada? Pues tras la culebra anduve, y aun pienso se ha de ir para ti a la cama, que son muy frías y buscan calor.

—Plega a Dios que no me muerda —decía yo—, que harto miedo le tengo.

Desta manera andaba tan elevado y levantado del sueño, que, mi fe, la culebra o culebro, por mejor decir, no osaba roer de noche ni levantarse al arca; mas de día, mientras estaba en la iglesia o por el lugar, hacía mis saltos. Los cuales daños viendo él, y el poco remedio que les podía poner, andaba de noche, como digo, hecho trasgo.

Yo hube miedo que con aquellas diligencias no me topase con la llave, que debajo de las pajas tenía, y pareciome lo más seguro meterla de noche en la boca. Porque ya, desde que viví con el ciego, la tenía tan hecha bolsa, que me acaeció tener en ella doce o quince maravedíes, todo en medias blancas, sin que me estorbasen el comer. Porque de otra manera no era señor de una blanca que el maldito ciego no cayese con ella, no dejando costura ni remiendo que no me buscaba muy a menudo.

Pues así como digo, metía cada noche la llave en la boca y dormía sin recelo que el brujo de mi amo cayese con ella; mas cuando la desdicha ha de venir, por demás es la diligencia. Quisieron mis hados, o, por mejor decir, mis pecados, que una noche que estaba durmiendo, la llave se me puso en la boca, que abierta debía tener, de manera y tal postura, que el aire y resoplo que yo durmiendo echaba salía por lo hueco de la llave, que de cañuto era, y silbaba, según mi desastre quiso, muy recio, de tal manera, que el sobresaltado de mi amo lo oyó y creyó sin duda ser el silbo de la culebra, y cierto lo debía parecer.

Levantose muy paso, con su garrote en la mano, y al tiento y sonido de la culebra se llegó a mí con mucha quietud por no ser sentido de la culebra. Y como cerca se vio, pensó que allí, en las pajas donde yo estaba echado, al calor mío, se había venido. Levantando bien el palo, pensando tenerla debajo y darle tal garrotazo que la matase, con toda su fuerza me descargó en la cabeza un tan gran golpe, que sin ningún sentido y muy mal descalabrado me dejó.

Como sintió que me había dado, según yo debía hacer gran sentimiento con el fiero golpe, contaba él que se había llegado a mí y, dándome grandes voces llamándome, procuró recordarme. Mas como me tocase con las manos, tentó la mucha sangre que se me iba, y conoció el daño que me había hecho. Y con mucha priesa fue a buscar lumbre, y, llegando con ella, hallome quejando, todavía con mi llave en la boca, que nunca la desamparé, la mitad fuera, bien de aquella manera que debía estar al tiempo que silbaba con ella.

Espantado el matador de culebras qué podía ser aquella llave, mirola, sacándomela del todo de la boca, y vio lo que era, porque en las guardas nada de la suya diferenciaba. Fue luego a probarla, y con ella probó el maleficio.

Debió de decir el cruel cazador:

«El ratón y la culebra que me daban guerra y me comían mi hacienda he hallado.»

De lo que sucedió en aquellos tres días siguientes ninguna fe daré, porque los tuve en el vientre de la ballena; mas de cómo esto que he contado oí, después que en mí torné, decir a mi amo, el cual a cuantos allí venían lo contaba por extenso.

Al cabo de tres días yo torné en mi sentido, y vime echado en mis pajas, la cabeza toda emplastada y llena de aceites y ungüentos, y, espantado, dije:

—¿Qué es esto?

Respondiome el cruel sacerdote:

—A fe que los ratones y culebras que me destruían ya los he cazado.

Y miré por mí y vime tan maltratado que luego sospeché mi mal.

A esta hora entró una vieja que ensalmaba, y los vecinos. Y comiénzanme a quitar trapos de la cabeza y curar el garrotazo. Y como me hallaron vuelto en mi sentido, holgáronse mucho, y dijeron:

—Pues ha tornado en su acuerdo, placerá a Dios no será nada.

Y tornaron de nuevo a contar mis cuitas y a reírlas, y yo pecador, a llorarlas. Con todo esto, diéronme de comer, que estaba transido de hambre, y apenas me pudieron remediar. Y así, de poco en poco, a los quince días me levanté y estuve sin peligro —mas no sin hambre— y medio sano.

Luego, otro día que fui levantado, el señor mi amo me tomó por la mano y sacome la puerta afuera, y, puesto en la calle, díjome:

—Lázaro: de hoy más eres tuyo y no mío. Busca amo y vete con Dios. Que yo no quiero en mi compañía tan diligente servidor. No es posible sino que hayas sido mozo de ciego.

Y santiguándose de mí, como si yo estuviera endemoniado, se torna a meter en casa y cierra su puerta.

TRATADO TERCERO

CÓMO LÁZARO SE ASENTÓ CON UN ESCUDERO Y DE LO QUE LE ACONTECIÓ CON ÉL

De esta manera me fue forzado sacar fuerzas de flaqueza, y poco a poco, con ayuda de las buenas gentes, di conmigo en esta insigne ciudad de Toledo, adonde, con la merced de Dios, dende a quince días se me cerró la herida. Y mientras estaba malo siempre me daban alguna limosna; mas después que estuve sano, todos me decían:

—Tú bellaco y gallofero [1] eres. Busca, busca un buen amo a quien sirvas.

—¿Y adónde se hallará ése —decía yo entre mí—, si Dios ahora de nuevo, como crió el mundo, no lo criase?

Andando así discurriendo de puerta en puerta, con harto poco remedio, porque ya la caridad se subió al cielo, topome Dios con un escudero que iba por la calle, con razonable vestido, bien peinado, su paso y compás en orden. Mirome, y yo a él, y díjome:

—Muchacho: ¿buscas amo?

Yo le dije:

—Sí, señor.

---

[1] El pobretón que sin tener enfermedad, se anda holgazán y ocioso, acudiendo a las horas de comer a las porterías de los conventos, adonde ordinariamente se hace caridad, en especial a los peregrinos. (Covarrubias).

—Pues vente tras mí —me respondió—, que Dios te ha hecho merced en topar conmigo. Alguna buena oración rezaste hoy.

Y seguile, dando gracias a Dios por lo que le oí, y también que me parecía, según su hábito y continente, ser el que yo había menester.

Era de mañana cuando este mi tercero amo topé. Y llevome tras sí gran parte de la ciudad. Pasábamos por las plazas donde se vendía pan y otras provisiones. Yo pensaba, y aun deseaba, que allí me quería cargar de lo que se vendía, porque ésta era propia hora cuando se suele proveer de lo necesario; mas muy a tendido paso pasaba por estas cosas.

«Por ventura no lo ve aquí a su contento —decía yo— y querrá que lo compremos en otro cabo.»

Desta manera anduvimos hasta que dio las once. Entonces se entró en la iglesia mayor, y yo tras él, y muy devotamente le vi oír misa y los otros oficios divinos, hasta que todo fue acabado y la gente ida. Entonces salimos de la iglesia.

A buen paso tendido comenzamos a ir por una calle abajo. Yo iba el más alegre del mundo en ver que no nos habíamos ocupado en buscar de comer. Bien consideré que debía ser hombre mi nuevo amo que se proveía en junto y que ya la comida estaría a punto y tal como yo la deseaba y aun la había menester.

En este tiempo dio el reloj la una después de mediodía, y llegamos a una casa, ante la cual mi amo se paró, y yo con él, y, derribando el cabo de la capa sobre el lado izquierdo, sacó una llave de la manga y abrió su puerta y entramos en casa. La cual tenía la entrada obscura y lóbrega de tal manera, que parecía que ponía temor a los que en ella entraban, aunque dentro de ella estaba un patio pequeño y razonables cámaras.

Desque fuimos entrados, quita de sobre sí su capa y, preguntando si tenía las manos limpias, la sacudimos y doblamos y, muy limpiamente, soplando un poyo que allí estaba, la puso en él. Y hecho esto, sentóse cabo de ella, preguntándome muy por extenso de dónde era y cómo había venido a aquella ciudad.

Y yo le di más larga cuenta que quisiera, porque me parecía más conveniente hora de mandar poner la mesa y escudillar la olla que de lo que me pedía. Con todo esto, yo le satisfice de mi persona lo mejor que mentir supe, diciendo mis bienes y callando lo demás, porque me parecía no ser para en cámara[2]. Esto hecho, estuvo así un poco, y yo luego vi mala señal, por ser ya casi las dos y no verle más aliento de comer que a un muerto.

Después desto, consideraba aquél tener cerrada la puerta con llave ni sentir arriba ni abajo pasos de viva persona por la casa. Todo lo que yo había visto eran paredes, sin ver en ella silleta, ni tajo, ni banco, ni mesa, ni aun tal arcaz como el de marras. Finalmente, ella parecía casa encantada. Estando así, díjome:

—Tú, mozo, ¿has comido?

—No, señor —dije yo—, que aún no eran dadas las ocho cuando con Vuestra Merced encontré.

—Pues, aunque de mañana yo había almorzado, y cuando así como algo, hágote saber que hasta la noche me estoy así. Por eso, pásate como pudieres, que después cenaremos.

Vuestra Merced crea, cuando esto le oí, que estuve en poco de caer de mi estado, no tanto de hambre como por conocer de todo en todo la fortuna serme adversa. Allí se me representaron de nuevo mis fatigas y torné a llorar mis trabajos. Allí se me vino a la memoria la consideración que hacía cuando me pensaba ir del clérigo, diciendo que, aunque aquél era desventurado y mísero, por ventura toparía con otro peor.

[2] Discusión.

Finalmente, allí lloré mi trabajosa vida pasada y mi cercana muerte venidera.

Y con todo, disimulando lo mejor que pude, dije:

—Señor, mozo soy, que no me fatigo mucho por comer, bendito Dios. Deso me podré yo alabar entre todos mis iguales por de mejor garganta, y así fui yo loado della hasta hoy día de los amos que yo he tenido.

—Virtud es ésa —dijo él—, y por eso te querré yo más. Porque el hartar es de los puercos y el comer regladamente es de los hombres de bien.

«¡Bien te he entendido! —dije yo entre mí—. ¡Maldita tanta medicina y bondad como aquestos mis amos que yo hallo hallan en la hambre!»

Púseme a un cabo del portal y saqué unos pedazos de pan del seno, que me habían quedado de los de por Dios. Él, que vio esto, díjome:

—Ven acá, mozo. ¿Qué comes?

Yo llegueme a él y mostrele el pan. Tomome él un pedazo de tres que eran: el mejor y más grande. Y díjome:

—Por mi vida, que parece éste buen pan.

—¡Y cómo! ¿Agora —dije yo—, señor, es bueno?

—Sí, a fe —dijo él—. ¿Adónde lo hubiste? ¿Si es amasado de manos limpias?

—No sé yo eso —le dije—; mas a mí no me pone asco el sabor dello.

—Así plega a Dios —dijo el pobre de mi amo.

Y llevándolo a la boca, comenzó a dar en él tan fieros bocados como yo en lo otro.

—Sabrosísimo pan está —dijo—, por Dios.

Y como le sentí de qué pie cojeaba, dime priesa. Porque le vi en disposición, si acababa antes que yo, se comediría a ayudarme a lo que me quedase. Y con esto acabamos casi a una. Y mi amo comenzó a sacudir con las manos unas pocas migajas, y bien menudas, que en los pechos se le habían quedado. Y entró en una camareta que allí estaba y sacó un jarro desbocado y no muy lleno, y desque hubo bebido convidome con él. Yo, por hacer el continente, dije:

—Señor, no bebo vino.

—Agua es —respondió—. Bien puedes beber.

Entonces tomé el jarro y bebí. No mucho, porque de sed no era mi congoja.

Así estuvimos hasta la noche, hablando en cosas que me preguntaba, a las cuales yo le respondí lo mejor que supe. En este tiempo metióme en la cámara donde estaba el jarro de que bebimos y díjome:

—Mozo: párate allí y verás cómo hacemos esta cama, para que la sepas hacer de aquí adelante.

Púseme de un cabo y él del otro e hicimos la negra cama. En la cual no había mucho que hacer. Porque ella tenía sobre unos bancos un cañizo, sobre el cual estaba tendida la ropa encima de un negro colchón. Que por no estar muy continuada a lavarse no parecía colchón, aunque servía de él, con harta menos lana que era menester. Aquél tendimos, haciendo cuenta de ablandarle. Lo cual era imposible, porque de lo duro mal se puede hacer blando. El diablo del enjalma[3] maldita la cosa tenía dentro de sí. Que puesto sobre el cañizo, todas las cañas se señalaban y parecían a lo propio entrecuesto de flaquísimo puerco. Y sobre aquel hambriento colchón, un alfamar[4] del mismo jaez, del cual el color yo no pude alcanzar.

Hecha la cama y la noche venida, díjome.

—Lázaro: ya es tarde y de aquí a la plaza hay un gran trecho. También en esta ciudad andan muchos ladrones, que siendo de noche capean. Pasemos como podamos y mañana, venido el día, Dios hará merced. Porque yo, por estar solo, no estoy proveído; antes he comido estos días por allá fuera. Mas agora hacerlo hemos de otra manera.

[3] Cierto género de albardoncillo morisco, labrado de paños de diferentes colores. (Covarrubias.)
[4] Manta o cobertor encarnado.

—Señor, de mí —dije yo— ninguna pena tenga Vuestra Merced, que sé pasar una noche y aun más, si es menester, sin comer.

—Vivirás más y más sano —me respondió—. Porque, como decíamos hoy, no hay tal cosa en el mundo para vivir mucho que comer poco.

«Si por esa vía es —dije entre mí—, nunca yo moriré, que siempre he guardado esa regla por fuerza, y aun espero, en mi desdicha, tenerla toda la vida.»

Y acostose en la cama, poniendo por cabecera las calzas y el jubón. Y mandome echar a sus pies, lo cual yo hice. Mas maldito el sueño que yo dormí. Porque las cañas y mis salidos huesos en toda la noche dejaron de rifar y encenderse. Que con mis trabajos, males y hambres, pienso que en mi cuerpo no había libra de carne, y también, como aquel día no había comido casi nada, rabiaba de hambre, la cual con el sueño no tenía amistad. Maldíjeme mil veces (Dios me lo perdone) y a mi ruin fortuna, allí, lo más de la noche y lo peor, no osándome revolver por no despertarle, pedí a Dios muchas veces la muerte.

La mañana venida, levantámonos, y comienza a limpiar y sacudir sus calzas y jubón, sayo y capa. Y yo, que le servía de pelillo [5]. Y vístese muy a su placer, de espacio. Echele aguamanos, peinóse y puso su espada en el talabarte, y al tiempo que la ponía díjome:

—¡Oh, si supieses, mozo, qué pieza es ésta! No hay marco de oro en el mundo por que yo la diese. Mas así, ninguna de cuantas Antonio hizo no acertó a ponerle los aceros tan prestos como ésta los tiene.

Y sacola de la vaina y tentola con los dedos, diciendo:

—¿Vesla aquí? Yo me obligo con ella a cercenar un copo de lana.

---

[5]   Ayudante en cosas de poca importancia.

Y yo dije entre mí:

«Y yo con mis dientes, aunque no son de acero, un pan de cuatro libras.»

Tornola a meter y ciñósela, y un sartal de cuentas gruesas del talabarte. Y con un paso sosegado y el cuerpo derecho, haciendo con él y con la cabeza muy gentiles meneos, echando el cabo de la capa sobre el hombro y a veces so el brazo, y poniendo la mano derecha en el costado, salió por la puerta diciendo:

—Lázaro: mira por la casa en tanto que voy a oír misa, y haz la cama y ve por la vasija de agua al río, que aquí bajo está, y cierra la puerta con llave, no nos hurten algo, y ponla aquí al quicio, porque si yo viniese en tanto pueda entrar.

Y súbese por la calle arriba con tan gentil semblante y continente, que quien no le conociera pensara ser muy cercano pariente del conde de Arcos[6] o a lo menos camarero que le daba de vestir.

«¡Bendito seáis vos, Señor —quedé yo diciendo—, que dais la enfermedad y ponéis el remedio! ¿Quién encontrara a aquel mi señor, que no piense, según el contento de sí lleva, haber anoche bien cenado y dormido en buena cama, y, aunque agora es de mañana, no le cuenten por muy bien almorzado? ¡Grandes secretos son, Señor, los que vos hacéis y las gentes ignoran! ¿A quién no engañara aquella buena disposición y razonable capa y sayo? ¿Y quién pensara que aquel gentil hombre se pasó ayer todo el día sin comer, con aquel mendrugo de pan que su criado Lázaro trajo un día y una noche en el arca de su seno, do no se le podía pegar mucha limpieza, y hoy, lavándose las manos y cara, a falta de paño de manos, se hacía servir de la halda del sayo? Nadie por cierto lo sospechara. ¡Oh, Señor, y cuántos de aquestos debéis vos

---

[6] Probablemente quiso decir «conde Alarcos», personaje de romances.

tener por el mundo derramados, que padecen por la negra que llaman honra lo que por vos no sufrirían!»

Así estaba yo a la puerta, mirando y considerando estas cosas y otras muchas, hasta que el señor mi amo traspuso la larga y angosta calle. Y como le vi trasponer, torneme a entrar en casa, y en un credo la anduve toda, alto y bajo, sin hacer represa ni hallar en qué. Hago la negra dura cama y tomo el jarro y doy conmigo en el río, donde en una huerta vi a mi amo en gran recuesta con dos rebozadas mujeres, al parecer de las que en aquel lugar no hacen falta. Antes muchas tienen por estilo de irse a las mañanicas del verano a refrescar y almorzar, sin llevar qué, por aquellas frescas riberas, con confianza que no ha de faltar quien se lo dé, según las tienen puestas en esta costumbre aquellos hidalgos del lugar.

Y como digo, él estaba entre ellas, hecho un Macías, diciéndoles más dulzuras que Ovidio escribió. Pero como sintieron de él que estaba bien enternecido, no se les hizo de vergüenza pedirle de almorzar con el acostumbrado pago.

Él, sintiéndose tan frío de bolsa cuanto estaba caliente del estómago, tomole tal calofrío, que le robó la color del gesto y comenzó a turbarse en la plática y a poner excusas no válidas.

Ellas, que debían ser bien instituidas[7], como le sintieron la enfermedad, dejáronle para el que era[8].

Yo, que estaba comiendo ciertos tronchos de berzas, con los cuales me desayuné, con mucha diligencia, como mozo nuevo, sin ser visto de mi amo, torné a casa, de la cual pensé barrer alguna parte, que era bien menester; mas no hallé con qué. Púseme a pensar qué haría, y pareciome esperar a mi amo hasta que el día demediase y si viniese y por ventura trajese algo que comiésemos; mas en vano fue mi experiencia.

[7] Agudas, listas, instruidas.
[8] Entiéndase, «quedad, señor, con Dios, dejadle».

Desque vi ser las dos y no venía y la hambre me aquejaba, cierro mi puerta y pongo la llave do mandó y tórnome a mi menester. Con baja y enferma voz e inclinadas mis manos en los senos, puesto Dios ante mis ojos y la lengua en su nombre, comienzo a pedir pan por las puertas y casas más grandes que me parecía. Mas como yo este oficio le hubiese mamado en la leche, quiero decir que con el gran maestro el ciego lo aprendí, tan suficiente discípulo salí, que, aunque en este pueblo no había caridad ni el año fuese muy abundante, tan buena maña me di, que antes que el reloj diera las cuatro, ya yo tenía otras tantas libras de pan ensiladas en el cuerpo y más de otras dos en las mangas y senos. Volvime a la posada y al pasar por la tripería pedí a una de aquellas mujeres, y diome un pedazo de uña de vaca con otras pocas de tripas cocidas.

Cuando llegué a casa, ya el bueno de mi amo estaba en ella, doblada su capa y puesta en el poyo y él paseándose por el patio. Como entro, vínose para mí. Pensé que me quería reñir la tardanza; mas mejor lo hizo Dios.

Preguntome do venía.

Yo le dije:

—Señor: hasta que dio las dos estuve aquí, y de que vi que Vuestra Merced no venía, fuime por esa ciudad a encomendarme a las buenas gentes, y hanme dado esto que veis.

Mostrele el pan y las tripas, que en un cabo de la halda traía, a la cual él mostró buen semblante, y dijo:

—Pues esperado te he a comer, y de que vi que no viniste, comí. Mas tú haces como hombre de bien en eso. Que más vale pedirlo por Dios que no hurtarlo. Y así, Él me ayude como ello me parece bien, y solamente te encomiendo no sepan que vives conmigo, por lo que toca a mi honra. Aunque bien creo que será secreto, según lo poco que en este pueblo soy conocido. ¡Nunca a él yo hubiera de venir!

—Deso pierda, señor, cuidado —le dije yo—, que maldito aquel que ninguno tiene de pedirme esa cuenta ni yo de darla.

—Agora, pues, come, pecador. Que, si a Dios place, presto nos veremos sin necesidad. Aunque te digo que después que en esta casa entré nunca bien me ha ido. Debe ser de mal suelo, que hay casas desdichadas y de mal pie, que a los que viven en ellas pegan la desdicha. Ésta debe ser, sin duda, dellas; mas yo te prometo, acabado el mes, no quede en ella aunque me la den por mía.

Senteme al cabo del poyo, y, porque no me tuviese por glotón, callé la merienda. Y comienzo a cenar y morder en mis tripas y pan, y disimuladamente miraba al desventurado señor mío, que no partía sus ojos de mis faldas, que aquella sazón servían de plato. Tanta lástima haya Dios de mí como yo había dél, porque sentí lo que sentía y muchas veces había por ello pasado y pasaba cada día. Pensaba si sería bien comedirme a convidalle; mas, por me haber dicho que había comido, temíame no aceptaría el convite. Finalmente, yo deseaba que el pecador ayudase a su trabajo del mío y se desayunase como el día antes hizo, pues había mejor aparejo, por ser mejor la vianda y menos mi hambre.

Quiso Dios cumplir mi deseo, y aun pienso que el suyo; porque como comencé a comer y él se andaba paseando, llegose a mí y díjome:

—Dígote, Lázaro, que tienes en comer la mejor gracia que en mi vida vi a hombre y que nadie te lo verá hacer que no le pongas gana aunque no la tenga.

«La muy buena que tú tienes —dije yo entre mí— te hace parecer la mía hermosa.»

Con todo, pareciome ayudarle, pues se ayudaba y me abría camino para ello, y díjele:

—Señor, el buen aparejo hace buen artífice. Este pan está sabrosísimo y esta uña de vaca tan bien cocida y sazonada, que no habrá a quien no convide con su sabor.

—¿Uña de vaca es?

—Sí, señor.

—Dígote que es el mejor bocado del mundo y que no hay faisán que así me sepa.

—Pues pruebe, señor, y verá qué tal está.

Póngole en las uñas la otra y tres o cuatro raciones de pan de lo más blanco. Y asentóseme al lado y comienza a comer como aquel que lo había gana, royendo cada huesecillo de aquellos mejor que un galgo suyo lo hiciera.

—Con almodrote[9] —decía—, es éste singular manjar.

—Con mejor salsa lo comes tú —respondí yo paso.

—Por Dios, que me ha sabido como si hoy no hubiera comido bocado.

«¡Así me vengan los buenos años como es ello! —dije yo entre mí.»

Pidiome el jarro del agua, y díselo como lo había traído. Es señal que, pues no le faltaba el agua, que no le había a mi amo sobrado la comida. Bebimos, y muy contentos nos fuimos a dormir, como la noche pasada.

Y por evitar prolijidad, de esta manera estuvimos ocho o diez días, yéndose el pecador en la mañana con aquel contento y paso contado a papar aire por las calles, teniendo en el pobre Lázaro una cabeza de lobo.

Contemplaba yo muchas veces mi desastre: que, escapando de los amos ruines que había tenido y buscando mejoría, viniese a topar con quien no sólo no me mantuviese, mas a quien yo había de mantener. Con todo, le quería bien, con ver que no tenía ni podía más. Y antes le había lástima que

---

[9] Salsa compuesta de aceite, ajos, queso y otras cosas, con la cual se sazonan las berenjenas.

enemistad. Y muchas veces, por llevar a la posada con que él lo pasase, yo lo pasaba mal.

Porque una mañana, levantándose el triste en camisa, subió a lo alto de la casa a hacer sus menesteres, y en tanto, yo, por salir de sospecha, desenvolvile el jubón y las calzas, que a la cabecera dejó, y hallé una bolsilla de terciopelo raso, hecha cien dobleces y sin maldita la blanca ni señal que la hubiese tenido mucho tiempo.

«Éste —decía yo— es pobre y nadie da lo que no tiene; mas el avariento ciego, y el malaventurado mezquino clérigo, que, con dárselo Dios a ambos, al uno de mano besada y al otro de lengua suelta, me mataban de hambre, aquéllos es justo desamar y aquéste de haber mancilla.»

Dios me es testigo que hoy día, cuando topo con alguno de su hábito con aquel paso y pompa, le he lástima con pensar si padece lo que aquél le vi sufrir. Al cual, con toda su pobreza, holgaría de servir más que a los otros por lo que he dicho. Sólo tenía dél un poco de descontento. Que quisiera yo que no tuviera tanta presunción; mas que abajara un poco su fantasía con lo mucho que subía su necesidad. Mas, según me parece, es regla ya entre ellos usada y guardada. Aunque no haya cornado de trueco[10], ha de andar el birrete en su lugar. El Señor lo remedie, que ya con este mal han de morir.

Pues estando yo en tal estado, pasando la vida que digo, quiso mi mala fortuna, que de perseguirme no era satisfecha, que en aquella trabajada y vergonzosa vivienda no durase. Y fue, como el año en esta tierra fuese estéril de pan[11], acordaron el Ayuntamiento que todos los pobres extranjeros se fuesen de la ciudad, con pregón que el que de allí adelante topasen fuese punido[12] con azotes. Y así, ejecutando la ley, desde a cuatro días que el pregón se dio, vi llevar una procesión

---

[10] «Cornado fue antiguamente una moneda de muy baja ley.» (Covarrubias). Ser inútil, de poco precio.
[11] Mala cosecha de trigo.
[12] Castigado.

de pobres azotando por las Cuatro Calles. Lo cual me puso tan gran espanto, que nunca osé desmandarme a demandar.

Aquí viera, quien verlo pudiera, la abstinencia de mi casa y la tristeza y silencio de los moradores; tanto, que nos acaeció estar dos o tres días sin comer bocado, ni hablaba palabra. A mí diéronme la vida unas mujercillas hilanderas de algodón, que hacían bonetes y vivían par de nosotros, con las cuales yo tuve vecindad y conocimiento. Que de la laceria que les traían me daban alguna cosilla, con la cual muy pasado me pasaba.

Y no tenía tanta lástima de mí como del lastimado de mi amo, que en ocho días maldito el bocado que comió. A lo menos en casa, bien lo estuvimos sin comer. No sé yo cómo o dónde andaba y qué comía. ¡Y verle venir a mediodía la calle abajo, con estirado cuerpo, más largo que galgo de buena casta!

Y por lo que toca a su negra, que dicen, honra, tomaba una paja, de las que aun asaz no había en casa, y salía a la puerta escarbando los dientes, que nada entre sí tenían, quejándose todavía de aquel mal solar, diciendo:

—Malo está de ver, que la desdicha desta vivienda lo hace. Como ves, es lóbrega, triste, obscura. Mientras aquí estuviéremos, hemos de padecer. Ya deseo que se acabe este mes por salir de ella.

Pues estando en esta afligida y hambrienta persecución, un día, no sé por cuál dicha o ventura, en el pobre poder de mi amo entró un real. Con el cual él vino a casa tan ufano como si tuviera el tesoro de Venecia, y con gesto muy alegre y risueño me lo dio, diciendo:

—Toma, Lázaro, que Dios ya va abriendo su mano: ve a la plaza, merca pan y vino y carne; ¡quebremos el ojo al diablo! Y más te hago saber, porque te huelgues: que he alquilado otra casa y en ésta desastrada no hemos de estar más de en cumpliendo el mes. ¡Maldita sea ella y el que en ella puso la primera teja, que con mal en ella entré! Por nuestro Señor, cuanto ha que en ella vivo, gota de vino ni bocado de carne no he comido ni he habido descanso ninguno; mas, ¡tal vista tiene y tal obscuridad y tristeza! Ve y ven presto, y comamos hoy como condes.

Tomo mi real y jarro y, a los pies dándoles priesa, comienzo a subir mi calle, encaminando mis pasos para la plaza, muy contento y alegre. Mas, ¿qué me aprovecha si está constituido en mi triste fortuna que ningún gozo me venga sin zozobra? Y así fue éste. Porque, yendo la calle arriba, echando mi cuenta en lo que le emplearía que fuese mejor y más provechosamente gastado, dando infinitas gracias a Dios que a mi amo había hecho con dinero, a deshora me vino al encuentro un muerto, que por la calle abajo muchos clérigos y gente en unas andas traían.

Arriméme a la pared, por darle lugar, y desque el cuerpo pasó, venía luego a par del lecho una que debía ser mujer del difunto, cargada de luto, y con ella otras muchas mujeres; la cual iba llorando a grandes voces y diciendo:

—Marido y señor mío: ¿adónde os me llevan? ¡A la casa triste y desdichada, a la casa lóbrega y obscura, a la casa donde nunca comen ni beben!

Yo que aquello oí, juntóseme el cielo con la tierra y dije:

«¡Oh, desdichado de mí! Para mi casa llevan este muerto.»

Dejo el camino que llevaba y hendí por medio de la gente, y vuelvo por la calle abajo, a todo el más correr que pude, para mi casa. Y, entrando en ella, cierro a grande priesa, invocando el auxilio y favor de mi amo, abrazándome dél, que me venga a ayudar y a defender la entrada. El cual, algo alterado, pensando que fuese otra cosa, me dijo:

—¿Qué es eso, mozo? ¿Qué voces das? ¿Qué has? ¿Por qué cierras la puerta con tal furia?

—¡Oh, señor —dije yo—: acuda aquí, que nos traen acá un muerto!

—¿Cómo así? —respondió él.

—Aquí arriba lo encontré, y venía diciendo su mujer: «Marido y señor mío, ¿adónde os llevan? ¡A la casa lóbrega y obscura, a la casa triste y desdichada, a la casa donde nunca comen ni beben!» Acá, señor, nos le traen.

Y ciertamente, cuando mi amo esto oyó, aunque no tenía por qué estar muy risueño, rió tanto, que en muy gran rato estuvo sin poder hablar. En este tiempo tenía yo echada la aldaba a la puerta y puesto el hombro en ella por más defensa. Pasó la gente con su muerto, y yo todavía me recelaba que nos le habían de meter en casa. Y desque fue ya más harto de reír que de comer, el bueno de mi amo díjome:

—Verdad es, Lázaro, según la viuda lo va diciendo, tú tuviste razón de pensar lo que pensaste; mas, pues Dios lo ha hecho mejor y pasan adelante, abre, abre y ve por de comer.

—Déjalos, señor, acaben de pasar la calle —dije yo.

Al fin vino mi amo a la puerta de la calle y ábrela esforzándome, que bien era menester, según el miedo y alteración, y me tornó a encaminar. Mas aunque comimos bien aquel día, maldito el gusto yo tomaba en ello. Ni en aquellos tres días torné en mi color. Y mi amo, muy risueño todas las veces que se le acordaba aquella mi consideración.

Desta manera estuve con mi tercero y pobre amo, que fue este escudero, algunos días, y en todos deseando saber la intención de su venida y estada en esta tierra. Porque desde el primer día que con él asenté le conocí ser extranjero, por el poco conocimiento y trato que con los naturales della tenía.

Al fin se cumplió mi deseo y supe lo que deseaba. Porque un día que habíamos comido razonablemente y estaba algo contento, contome su hacienda, y díjome ser de Castilla la Vieja y que había dejado su tierra no más de por no quitar el bonete a un caballero su vecino.

—Señor —dije yo—: si él era lo que decís y tenía más que vos, ¿no errábades en no quitárselo primero, pues decís que él también os lo quitaba?

—Sí es y sí tiene y también me lo quitaba él a mí; mas, de cuantas veces yo se le quitaba primero, no fuera malo comedirse él alguna y ganarme por la mano.

—Paréceme, señor —le dije yo—, que en eso no mirara, mayormente con mis mayores que yo y que tienen más.

—Eres muchacho —me respondió— y no sientes las cosas de la honra, en que el día de hoy está todo el caudal de los hombres de bien. Pues te hago saber que yo soy, como ves, un escudero; más vótote a Dios, si al conde topo en la calle y no me quita muy bien quitado del todo el bonete, que otra vez que venga me sepa yo entrar en una casa, fingiendo yo en ella algún negocio, o atravesar otra calle, si la hay, antes que llegue a mí, por no quitárselo. Que un hidalgo no debe a otro que a Dios y al rey nada, ni es justo, siendo hombre de bien, se descuide un punto de tener en mucho su persona. Acuérdome que un día deshonré en mi tierra a un oficial y quise poner en él las manos porque cada vez que le topaba me decía: «Mantenga Dios a Vuestra Merced.» «Vos, don villano ruin —le dije yo—, ¿por qué no sois bien criado? ¿"Manténgaos Dios" me habéis de decir, como si fuese quienquiera?» De allí adelante, de aquí acullá, me quitaba el bonete y hablaba como debía.

—¿Y no es buena manera de saludar un hombre a otro —dije yo— decirle que le mantenga Dios?

—¡Mira mucho de enhoramala! —dijo él—. A los hombres de poca arte dicen eso; mas a los más altos, como yo, no les han de hablar menos de: «Beso las manos de Vuestra Merced», o, por lo menos: «Bésoos, señor, las manos», si el que me habla es caballero. Y así, de aquél de mi tierra que me atestaba de mantenimiento nunca más le quise sufrir, ni sufriría, ni sufriré a hombre del mundo, del rey abajo, que «Manténgaos Dios» me diga.

«Pecador de mí —dije yo—, por eso tiene tan poco cuidado de mantenerte, pues no sufre que nadie se lo ruegue.»

—Mayormente —dijo— que no soy tan pobre que no tengo en mi tierra un solar de casas que, a estar ellas en pie y bien labradas, diez y seis leguas de donde nací, en aquella Costanilla de Valladolid, valdrían más de doscientas veces mil maravedíes, según se podrían hacer grandes y buenas. Y tengo un palomar que, a no estar derribado como está, daría cada año más de doscientos palominos. Y otras cosas que me callo, que dejé por lo que tocaba a mi honra. Y vine a esta ciudad pensando que hallaría un buen asiento; mas no me ha sucedido como pensé. Canónigos y señores de la iglesia muchos hallo; mas es gente tan limitada, que no los sacarán de su paso todo el mundo. Caballeros de media talla también me ruegan; mas servir con éstos es gran trabajo. Porque de hombre os habéis de convertir en malilla, y si no «Anda con Dios» os dicen. Y las más veces son los pagamentos a largos plazos, y las más y las más ciertas comido por servido. Ya, cuando quieren reformar conciencia y satisfaceros vuestros sudores, sois librados en la recámara, en un sudado jubón o raída capa o sayo. Ya, cuando asienta un hombre con un señor de título, todavía pasa su laceria. ¿Pues, por ventura, no hay en mí habilidad para servir y contentar a éstos? Por Dios, si con él topase, muy gran su privado pienso que fuese y que mil servicios le hiciese, porque yo sabría mentille tan bien como otro y agradalle a las mil maravillas. Reírle hía [13] mucho sus donaires y costumbres, aunque no fuesen las mejores del mundo. Nunca decirle cosa que le pesase, aunque mucho le cumpliese. Ser muy diligente en su persona, en dicho y hecho. No me matar por no hacer bien las cosas que él no habría de ver. Y ponerme a reñir, donde lo oyese, con la gente de servicio, porque pareciese tener gran cuidado de lo que a él tocaba. Si ri-

[13] Le reiría.

73

ñese con algún criado, dar unos puntillos agudos para le encender la ira y que pareciesen en favor del culpado. Decirle bien de lo que bien le estuviese y, por el contrario, ser malicioso, mofador, malsinar a los de casa y a los de fuera, pesquisar y procurar de saber vidas ajenas para contárselas, y otras muchas galas de esta calidad, que hoy día se usan en palacio y a los señores dél parecen bien. Y no quieren ver en sus casas hombres virtuosos; antes los aborrecen y tienen en poco y llaman necios y que no son personas de negocios ni con quien el señor se puede descuidar. Y con éstos los astutos usan, como digo, el día de hoy, de lo que yo usaría; mas no quiere mi ventura que le halle.

Desta manera lamentaba también su adversa fortuna mi amo, dándome relación de su persona valerosa.

Pues, estando en esto, entró por la puerta un hombre y una vieja. El hombre le pide el alquiler de la casa y la vieja el de la cama. Hacen cuenta, y de los dos meses le alcanzaron lo que él en un año no alcanzara. Pienso que fueron doce o trece reales. Y él les dio muy buena respuesta: que saldría a la plaza a trocar una pieza de a dos y que a la tarde volviesen; mas su salida fue sin vuelta.

Por manera que a la tarde volvieron; mas fue tarde. Yo les dije que aún no era venido. Venida la noche y él no, yo hube miedo de quedar en casa solo, y fuime a las vecinas y contéles el caso, y allí dormí.

Venida la mañana, los acreedores vuelven y preguntan por el vecino; mas a estotra puerta. Las mujeres les responden:

—Veis aquí su mozo y la llave de la puerta.

Ellos me preguntaron por él, y díjeles que no sabía adónde estaba y que tampoco había vuelto a casa desde que salió a trocar la pieza, y que pensaba que de mí y de ellos se había ido con el trueco.

De que esto me oyeron, van por un alguacil y un escribano. Y helos do vuelven luego con ellos, y toman la llave, y llámanme, y llaman testigos y abren la puerta, y entran a embargar la hacienda de mi amo hasta ser pagados de su deuda. Anduvieron toda la casa, y halláronla desembarazada, como he contado, y dícenme:

—¿Qué es de la hacienda de tu amo: sus arcas y paños de pared y alhajas de casa?

—No sé yo eso —les respondí.

—Sin duda —dicen—, esta noche lo deben haber alzado y llevado a alguna parte. Señor alguacil: prended a este mozo, que él sabe dónde está.

En esto vino el alguacil y echome mano por el collar del jubón, diciendo:

—Muchacho: tú eres preso si no descubres los bienes deste tu amo.

Yo, como en otra tal no me hubiese visto —porque asido del collar sí había sido muchas e infinitas veces; mas era mansamente dél trabado, para que mostrase el camino al que no veía—, yo hube mucho miedo, y, llorando, prometile de decir lo que preguntaban.

—Bien está —dicen ellos—. Pues di todo lo que sabes y no hayas temor.

Sentose el escribano en un poyo para escribir el inventario, preguntándome qué tenía.

—Señores —dije yo—: lo que este mi amo tiene, según él me dijo, es un muy buen solar de casas y un palomar derribado.

—Bien está —dicen ellos—. Por poco que eso valga, hay para nos entregar de la deuda. ¿Y a qué parte de la ciudad tiene eso? —me preguntaron.

—En su tierra —les respondí.

—Por Dios, que está bueno el negocio —dijeron ellos—. ¿Y adónde es su tierra?

—De Castilla la Vieja me dijo él que era —les dije yo.

Riéronse mucho el alguacil y el escribano, diciendo:

—Bastante relación es ésta para cobrar vuestra deuda, aunque mejor fuese.

Las vecinas, que estaban presentes, dijeron:

—Señores, este es un niño inocente y ha pocos días que está con ese escudero, y no sabe dél más que vuestras mercedes, sino cuando el pecadorcico se llega aquí a nuestra casa y le damos de comer lo que podemos, por amor de Dios, y a las noches se iba a dormir con él.

Vista mi inocencia, dejáronme, dándome por libre. Y el alguacil y el escribano piden al hombre y a la mujer sus derechos. Sobre lo cual tuvieron gran contienda y ruido. Porque ellos alegaron no ser obligados a pagar, pues no había de qué ni se hacía el embargo. Los otros decían que habían dejado de ir a otro negocio, que les importaba más, por venir a aquél.

Finalmente, después de dadas muchas voces, al cabo carga un porquerón con el viejo alfamar de la vieja, aunque no iba muy cargado. Allá van todos cinco dando voces. No sé en qué paró. Creo yo que el pecador alfamar pagará por todos. Y bien se empleaba, pues el tiempo que había de reposar y descansar de los trabajos pasados se andaba alquilando.

Así, como he contado, me dejó mi pobre tercero amo, do acabé de conocer mi ruin dicha. Pues, señalándose todo lo que podía contra mí, hacía mis negocios tan al revés, que los amos, que suelen ser dejados de los mozos, en mí no fuese así, más que mi amo me dejase y huyese de mí.

TRATADO CUARTO

CÓMO LÁZARO SE ASENTÓ CON UN FRAILE DE LA MERCED Y DE LO QUE LE ACAECIÓ CON ÉL[1]

Hube de buscar el cuarto, y éste fue un fraile de la Merced, que las mujercillas que digo me encaminaron. Al cual ellas le llamaban pariente. Gran enemigo de coro y de comer en el convento, perdido por andar fuera, amicísimo de negocios seglares y visitar. Tanto, que pienso que rompía él más zapatos que todo el convento. Éste me dio los primeros zapatos que rompí en mi vida; mas no me duraron ocho días. Ni yo pude con su trote durar más. Y por esto y por otras cosillas, que no digo, salí dél.

[1] Este capítulo fue expurgado, sin duda, en la edición de 1573. Es capítulo abreviado, por censura, quizá, como se deduce por las últimas líneas: «Y por esto y por otras cosillas que no digo...»

the jerigonza = También llamada germanía (german) como metáfora de un lenguaje ininteligible — en la época — era el jargón que las clases bajas de criminales y ladrones usaban — / sistema de alusiones

Ejemplos / eslucioni-
dama
↓
LAdy ——→ Prostitute

conocer
meeting ——→ "To" having
someone   amorous
                  encounters.

Lazarillo is full of such
allusive Terms —

B. Bussell Thompson +
John Walsh, Carmen Rabell
+ Raffel Carrasco han estudiado
iste Tema

TRATADO QUINTO

CÓMO LÁZARO SE ASENTÓ CON UN BULDERO[1] Y DE LAS COSAS QUE CON ÉL PASÓ

En el quinto por mi ventura di, que fue un buldero, el más desenvuelto y desvergonzado y el mejor echador dellas que jamás vi ni ver espero, ni pienso que nadie vio. Porque tenía y buscaba modos y maneras y muy sutiles invenciones.

En entrando en los lugares do habían de presentar la bula, primero presentaba a los clérigos o curas algunas cosillas, no tampoco de mucho valor ni substancia: una lechuga murciana, si era por el tiempo, un par de limas o naranjas, un melocotón, un par de duraznos, cada sendas peras verdiniales. Así procuraba tenerlos propicios, porque favoreciesen su negocio y llamasen sus feligreses a tomar la bula.

Ofreciéndosele a él las gracias, informábase de la suficiencia dellos. Si decían que entendían, no hablaba palabra en latín, por no dar tropezón; mas aprovechábase de un gentil y bien cortado romance y desenvoltísima lengua. Y si sabía que los dichos clérigos eran de los reverendos, digo que más con dineros que con letras y con reverendas se ordenan, hacíase entre ellos un Santo Tomás y hablaba dos horas en latín. A lo menos, que lo parecía, aunque no lo era.

Cuando por bien no le tomaban las bulas, buscaba cómo por mal se las tomasen. Y para aquello hacía molestias al pue-

[1] Vendedor de bulas papales.

blo y otras veces con mañosos artificios. Y porque todos los que le veía hacer sería largo de contar, diré uno muy sutil y donoso, con el cual probaré bien su suficiencia.

En un lugar de la Sagra de Toledo había predicado dos o tres días, haciendo sus acostumbradas diligencias, y no le habían tomado bula, ni a mi ver tenían intención de se la tomar. Estaba dado al diablo con aquello, y pensando qué hacer, se acordó de convidar al pueblo para otro día de mañana despedir la bula.

Y esa noche, después de cenar, pusiéronse a jugar la colación él y el algualcil. Y sobre el juego vinieron a reñir y a haber malas palabras. Él llamó al alguacil ladrón, y el otro a él falsario. Sobre esto, el señor comisario, mi señor, tomó un lanzón que en el portal do jugaban estaba. El alguacil puso mano a su espada, que en la cinta tenía.

Al ruido y voces que todos dimos, acuden los huéspedes y vecinos y métense en medio. Y ellos, muy enojados, procurándose desembarazar de los que en medio estaban para se matar. Mas como la gente al gran ruido cargase y la casa estuviese llena de ella, viendo que no podían afrentarse con las armas, decíanse palabras injuriosas. Entre las cuales el alguacil dijo a mi amo que era falsario y las bulas que predicaba que eran falsas.

Finalmente, que los del pueblo, viendo que no bastaban a ponerlos en paz, acordaron de llevar al alguacil de la posada a otra parte. Y así quedó mi amo muy enojado. Y después que los huéspedes y vecinos le hubieron rogado que perdiese el enojo y se fuese a dormir, se fue, y así nos echamos todos.

La mañana venida, mi amo se fue a la iglesia y mandó tañer a misa y al sermón para despedir la bula. Y el pueblo se juntó. El cual andaba murmurando de las bulas, diciendo cómo eran falsas y que el mismo alguacil, riñendo, lo había descubierto. De manera que, tras que tenían mala gana de tomarla, con aquello del todo la aborrecieron.

El señor comisario se subió al púlpito y comienza su sermón y a animar la gente a que no quedasen sin tanto bien e indulgencia como la santa bula traía.

Estando en lo mejor del sermón, entra por la puerta de la iglesia el alguacil, y desque hizo oración, levantose, y, con voz alta y pausada, cuerdamente comenzó a decir:

—Buenos hombres, oídme una palabra, que después oiréis a quien quisiéredes. Yo vine aquí con este echacuervo que os predica. El cual me engañó y dijo que le favoreciese en este negocio y que partiríamos la ganancia. Y agora, visto el daño que haría a mi conciencia y a vuestras haciendas, arrepentido de lo hecho, os declaro claramente que las bulas que predica son falsas y que no le creáis ni las toméis, y que yo, directe ni indirecte, no soy parte en ellas, y que desde agora dejo la vara y doy con ella en el suelo. Y si en algún tiempo éste fuere castigado por la falsedad, que vosotros me seáis testigos cómo yo no soy con él ni le doy a ello ayuda, antes os desengaño y declaro su maldad.

Y acabó su razonamiento. Algunos hombres honrados que allí estaban se quisieron levantar y echar al aguacil fuera de la iglesia, para evitar escándalo. Mas mi amo les fue a la mano y mandó a todos que, so pena de excomunión, no le estorbasen, mas que le dejasen decir todo lo que quisiese. Y así él también tuvo silencio mientras el alguacil dijo todo lo que he dicho.

Como calló, mi amo le preguntó si quería decir más, que lo dijese. El alguacil dijo:

—Harto hay más de decir de vos y de vuestra falsedad; mas por agora basta.

El señor comisario se hincó de rodillas en el púlpito, y, puestas las manos y mirando al cielo, dijo así:

—Señor Dios, a quien ninguna cosa es escondida, antes todas manifiestas, y a quien nada es imposible, antes todo posible: tú sabes la verdad y cuán injustamente yo soy afrentado.

En lo que a mí toca, yo lo perdono, porque tú, Señor, me perdones. No mires a aquel que no sabe lo que hace ni dice; mas la injuria a ti hecha te suplico y por justicia te pido no disimules. Porque alguno que está aquí, que por ventura pensó tomar aquesta santa bula, dando créditos a las falsas palabras de aquel hombre lo dejará de hacer. Y, pues es tanto perjuicio del prójimo, te suplico yo, Señor, no lo disimules; mas luego muestra aquí milagro y sea desta manera: que si es verdad lo que aquél dice y que yo traigo maldad y falsedad, este púlpito se hunda conmigo y meta siete estados debajo de tierra, do él ni yo jamás perezcamos; y si es verdad lo que yo digo y aquél, persuadido del demonio, por quitar y privar a los que están presentes de tan gran bien, dice maldad, también sea castigado y de todos conocida su malicia.

Apenas había acabado su oración el devoto señor mío, cuando el negro alguacil cae de su estado y da tan gran golpe en el suelo, que la iglesia toda hizo resonar, y comenzó a bramar y echar espumajos por la boca y torcerla y hacer visajes con el gesto, dando de pie y de mano, revolviéndose por aquel suelo a una parte y a otra.

El estruendo y voces de la gente era tan grande, que no se oían unos a otros. Algunos estaban espantados y temerosos.

Unos decían: «El Señor le socorra y valga.»

Otros: «Bien se le emplea, pues levantaba tan falso testimonio.»

Finalmente, algunos que allí estaban, y a mi parecer no sin harto temor, se llegaron y le trabaron de los brazos, con los cuales daba fuertes puñadas a los que cerca dél estaban. Otros le tiraban por las piernas y tuvieron reciamente, porque no había mula falsa en el mundo que tan recias coces tirase.

Y así le tuvieron un gran rato. Porque más de quince hombres estaban sobre él y a todos daba las manos llenas y, si se descuidaban, en los hocicos. A todo esto, el señor mi amo estaba en el púlpito de rodillas, las manos y los ojos puestos en el cielo, transportado en la divina esencia, que el planto y ruido y voces que en la iglesia había no eran parte para apartarle de su divina contemplación.

Aquellos buenos hombres llegaron a él, y dando voces le despertaron y le suplicaron quisiese socorrer a aquel pobre, que estaba muriendo, y que no mirase a las cosas pasadas ni a sus dichos malos, pues ya de ellos tenía el pago; mas si en algo podría aprovechar para librarse del peligro y pasión que padecía, por amor de Dios lo hiciese, pues ellos veían clara la culpa del culpado y la verdad y bondad suya, pues a su petición y venganza el Señor no alargó el castigo.

El señor comisario, como quien despierta de un dulce sueño, los miró y miró al delincuente y a todos los que alrededor estaban, y muy pausadamente les dijo:

—Buenos hombres, vosotros nunca habíades de rogar por un hombre en quien Dios tan señaladamente se ha señalado; mas, pues Él nos manda que no volvamos mal por mal y perdonemos las injurias, con confianza podremos suplicarle que cumpla lo que nos manda y Su Majestad perdone a éste, que le ofendió poniendo en su santa fe obstáculo. Vamos todos a suplicarle.

Y así, bajó del púlpito y encomendó a que muy devotamente suplicasen a Nuestro Señor tuviese por bien de perdonar a aquel pecador y volverle en su salud y sano juicio y lanzar dél el demonio, si Su Majestad había permitido que por su gran pecado en él entrase.

Todos se hincaron de rodillas, y delante del altar, con los clérigos, comenzaban a cantar con voz baja una letanía. Y viniendo él con la cruz y agua bendita, después de haber sobre él cantado, el señor mi amo, puestas las manos al cielo y los ojos que casi nada se le parecía sino un poco de blanco, comienza una oración no menos larga que devota, con la cual hizo llorar a toda la gente, como suelen hacer en los sermones de Pasión, de predicador y auditorio devoto, suplicando a

Nuestro Señor, pues no quería la muerte del pecador, sino su vida y arrepentimiento, que aquel encaminado por el demonio y persuadido de la muerte y pecado le quisiese perdonar y dar vida y salud, para que se arrepintiese y confesase sus pecados.

Y esto hecho, mandó traer la bula y púsosela en la cabeza. Y luego el pecador del alguacil comenzó, poco a poco, a estar mejor y tornar en sí. Y desque fue bien vuelto en su acuerdo, echose a los pies del señor comisario y demandole perdón, y confesó haber dicho aquello por la boca y mandamiento del demonio, lo uno, por hacer a él daño y vengarse del enojo; lo otro, y más principal, porque el demonio reciba mucha pena del bien que allí se hiciera en tomar la bula.

El señor mi amo le perdonó, y fueron hechas las amistades entre ellos. Y a tomar la bula hubo tanta prisa, que casi ánima viviente en el lugar no quedó sin ella: marido y mujer e hijos e hijas, mozos y mozas.

Divulgose la nueva de lo acaecido por los lugares comarcanos, y cuando a ellos llegábamos no era menester sermón ni ir a la iglesia, que a la posada la venían a tomar, como si fueran peras que se dieran de balde. De manera que, en diez o doce lugares de aquellos alrededores donde fuimos, echó el señor mi amo otras tantas mil bulas sin predicar sermón.

Cuando él hizo el ensayo, confieso mi pecado que también fui de ello espantado y creí que así era, como otros muchos; mas con ver después la risa y burla que mi amo y el alguacil llevaban y hacían del negocio, conocí cómo había sido industriado por el industrioso e inventivo de mi amo.

Acaecionos en otro lugar, el cual no quiero nombrar por su honra, lo siguiente: Y fue que mi amo predicó dos o tres sermones, y do a Dios la bula tomaban. Visto por el astuto de mi amo lo que pasaba, y que aunque decía se fiaban por un año no aprovechaba, y que estaban tan rebeldes en tomarla y que su trabajo era perdido, hizo tocar las campanas para despedirse, y hecho su sermón y despedido desde el púlpito, ya que se quería abajar, llamó al escribano y a mí, que iba cargado con unas alforjas, e hízonos llegar al primer escalón, y tomó al alguacil las que en las manos llevaba, y las que yo tenía en las alforjas púsolas junto a sus pies, y tornose a poner en el púlpito con cara alegre y a arrojar desde allí, de diez en diez y de veinte en veinte, de sus bulas hacia todas partes, diciendo:

—Hermanos míos, tomad, tomad de las gracias que Dios os envía hasta vuestras casas, y no os duela, pues es obra tan pía la redención de los cautivos cristianos que están en tierra de moros. Porque no renieguen nuestra santa fe y vayan a las penas del infierno, siquiera ayudadles con vuestra limosna y con cinco padrenuestros y cinco avemarías para que salgan de cautiverio. Y aun también aprovechan para los padres y hermanos y deudos que tenéis en el purgatorio, como lo veréis en esta santa bula.

Como el pueblo las vio así arrojar, como cosa que la daba de balde y ser venida de la mano de Dios, tomaban a más tomar, aun para los niños de la cuna y para todos sus difuntos, contando desde los hijos hasta el menor criado que tenían, contándolos por los dedos. Vímonos en tanta priesa, que a mí aínas me acabaran de romper un pobre y viejo sayo que traía, de manera que certifico a Vuestra Merced que en poco más de una hora no quedó bula en las alforjas, y fue necesario ir a la posada por más.

Acabados de tomar todos, dijo mi amo desde el púlpito a su escribano y al del Concejo que se levantasen: y para que se supiese quiénes eran los que habían de gozar de la santa bula y para que él diese buena cuenta a quien le había enviado, se escribiesen.

Y así, luego, todos de muy buena voluntad decían las que habían tomado, contando por orden los hijos, y criados y difuntos.

Hecho su inventario, pidió a los alcaldes que, por caridad, porque él tenía que hacer en otra parte, mandasen al escribano le diese autoridad del inventario y memoria de las que allí quedaban, que, según decía el escribano, eran más de dos mil.

Hecho esto, él se despidió con mucha paz y amor, y así nos partimos deste lugar. Y aun, antes que nos partiésemos, fue preguntado él por el teniente cura del lugar y por los regidores si la bula aprovechaba para las criaturas que estaban en el vientre de sus madres.

A lo cual él respondió que, según las letras que él había estudiado, que no. Que lo fuesen a preguntar a los doctores más antiguos que él, y que esto era lo que sentía en este negocio.

Y así nos partimos, yendo todos muy alegres del buen negocio. Decía mi amo al alguacil y escribano:

—Qué os parece, cómo a estos villanos, que con sólo decir cristianos viejos somos, sin hacer obras de caridad, se piensan salvar, sin poner nada de su hacienda. Pues, por vida del licenciado Pascasio Gómez, que a su costa se saquen más de diez cautivos.

Y así nos fuimos hasta otro lugar de aquél, cabo de Toledo, hacia la Mancha, que se dice, adonde topamos otros más obstinados en tomar bulas. Hechas, mi amo y los demás que íbamos, nuestras diligencias, en dos fiestas que allí estuvimos no se habían echado treinta bulas.

Visto por mi amo la gran perdición y la mucha costa que traía, y el ardideza que el sotil de mi amo tuvo para hacer desprender sus bulas fue que este día dijo la misa mayor, y después de acabado el sermón y vuelto al altar, tomó una cruz que traía, de poco más de un palmo, y en un brasero de lumbre que encima del altar había, el cual habían traído para calentarse las manos, porque hacía gran frío, púsole detrás del misal, sin que nadie mirase en ello. Y allí, sin decir nada, *puso la cruz encima de la lumbre, y, ya que hubo acabado la misa y echada la bendición tomola con un pañizuelo, bien envuelta la cruz en la mano derecha y en la otra la bula, y así se bajó hasta la postrera grada del altar adonde hizo que besara la cruz. E hizo señal que viniesen adorar la cruz. Y así vinieron los alcaldes los primeros y los más ancianos del lugar, viniendo uno a uno, como se usa.*

Y el primero que llegó, que era un alcalde viejo, aunque él dio a besar la cruz bien delicadamente, se abrasó los rostros y se quitó presto afuera. Lo cual visto por mi amo le dijo:

—¡Paso, quedo, señor alcalde! ¡Milagro!

Y así hicieron otros siete u ocho. Y a todos les decía:

—¡Paso, señores! ¡Milagro!

Cuando él vio que los rostriquemados bastaban para testigos del milagro, no la quiso dar más a besar. Subiose al pie del altar y de allí decía cosas maravillosas, diciendo que por la poca caridad que había en ellos había Dios permitido aquel milagro, y que aquella cruz había de ser llevada a la santa iglesia mayor de su obispado. Que por la poca caridad que en el pueblo había la cruz ardía.

Fue tanta la priesa que hubo en el tomar de la bula, que no bastaban dos escribanos ni los clérigos ni sacristanes a escribir. Creo de cierto que se tomaron más de tres mil bulas, como tengo dicho a Vuestra Merced.

Después, al partir él, fue con gran reverencia, como es razón, a tomar la santa cruz, diciendo que la había de hacer engastonar en oro, como era razón.

Fue rogado mucho del Concejo y clérigos del lugar les dejase allí aquella santa cruz, por memoria del milagro allí acaecido. Él en ninguna manera lo quería hacer, y al fin, rogado de tantos, se la dejó. Conque le dieron otra cruz vieja que tenían, antigua, de plata que podrá pesar dos o tres libras, según decían.

Y así nos partimos alegres con el buen trueque y con haber negociado bien. En todo no vio nadie lo susodicho sino yo. Porque me subía por el altar para ver si había quedado algo en las ampollas, para ponerlo en cobro, como otras veces yo lo tenía de costumbre. Y como allí me vio, púsose el dedo en la boca, haciéndome señal que callase. Yo así lo hice, porque me cumplía, aunque después que vi el milagro no cabía en mí por echarlo fuera. Sino que el temor de mi astuto amo no me lo dejaba comunicar con nadie, ni nunca de mí salió. Porque me tomó juramento que no descubriese el milagro, y así lo hice hasta agora [2].

Y aunque muchacho, cayome mucho en gracia, y dije entre mí:

«¡Cuántas de éstas deben hacer estos burladores entre la inocente gente!»

Finalmente, estuve con este mi quinto amo cerca de cuatro meses, en los cuales pasé también hartas fatigas, *aunque me daba bien de comer, a costa de los curas y otros clérigos do iba a predicar* [3].

Bula (s) Documento pontificio relativo a materia de fe o de interés general, concesión de gracias o privilegios o asuntos judiciales o administrativos expedido por la Cancillería Apostólica y autorizado por el sello de su

---

[2] Interpolación al texto que no figura en las primeras ediciones. Se ha aceptado, pues parece ser que el autor, aun no perteneciéndole, lo vio bien y hasta lo corrigiera. Pese a todo, en unas ediciones figuran estos nuevos ejemplos de «mañas» del vendedor de bulas, un pícaro más, y en otras no. Nosotros hemos preferido no omitirlo, pero destacándolo en cursiva.

[3] Interpolación.

nombre u otro parecido estampado con tinta roja —

TRATADO SEXTO

CÓMO LÁZARO SE ASENTÓ CON UN CAPELLÁN Y LO QUE CON ÉL PASÓ

Después desto asenté con un maestro de pintar panderos, para molerle los colores y también sufrí mil males.

Siendo ya en este tiempo mozuelo, entrando un día en la iglesia mayor, un capellán de ella me recibió por suyo. Y púsome en poder un asno y cuatro cántaros y un azote, y comencé a echar agua por la ciudad. Este fue el primer escalón que yo subí para venir a alcanzar buena vida, porque mi boca era medida. Daba cada día a mi amo treinta maravedíes ganados y los sábados ganaba para mí, y todo lo demás entre semana, de treinta maravedíes.

Fueme tan bien el oficio, que al cabo de cuatro años que lo usé, con poner en la ganancia buen recaudo, ahorré para me vestir muy honradamente de la ropa vieja. De la cual compré un jubón de fustán viejo y un sayo raído de manga tranzada y puerta y una capa, que había sido frisada, y una espada de las viejas primeras de Cuéllar. Desque me vi en hábito de hombre de bien, dije a mi amo se tomase un asno, que no quería más seguir aquel oficio.

TRATADO SÉPTIMO

CÓMO LÁZARO SE ASENTÓ CON UN ALGUACIL Y DE LO QUE LE ACAECIÓ CON ÉL

Despedido del capellán, asenté por hombre de justicia con un alguacil. Mas muy poco viví con él, por parecerme oficio peligroso. Mayormente, que una noche nos corrieron a mí y a mi amo a pedradas y a palos unos retraídos. Y a mi amo, que esperó, trataron mal; mas a mí no me alcanzaron. Con esto renegué del trato.

Y pensando en qué modo de vivir haría mi asiento, por tener descanso y ganar algo para la vejez, quiso Dios alumbrarme y ponerme en camino y manera provechosa. Y con favor que tuve de mis amigos y señores, todos mis trabajos y fatigas hasta entonces pasados fueron pagados con alcanzar lo que procuré. Que fue un oficio real, viendo que no hay nadie que medre, sino los que le tienen.

En el cual el día de hoy vivo y resido a servicio de Dios y de Vuestra Merced. Y es que tengo cargo de pregonar los vinos que en esta ciudad se venden, y en almonedas y cosas perdidas, acompañar los que padecen persecuciones por justicia y declarar a voces sus delitos: pregonero, hablando en buen romance.

En el cual oficio, un día que ahorcábamos un apañador en Toledo, y llevaba una buena soga de esparto, conocí y caí en la cuenta de la sentencia que aquel mi ciego amo había dicho en Escalona, y me arrepentí del mal pago que le di, por lo mucho que me enseñó. Que, después de Dios, él me dio industria para llegar al estado que agora estoy [1].

Hame sucedido tan bien, yo le he usado tan fácilmente, que casi todas las cosas al oficio que tocan se pasan por mi mano. Tanto, que en toda la ciudad, el que ha de echar vino a vender, o algo, si Lázaro de Tormes no entiende de ello, hacen cuenta de no sacar provecho.

En este tiempo, viendo mi habilidad y buen vivir, teniendo noticias de mi persona el señor arcipreste de San Salvador, mi señor y servidor, y amigo de Vuestra Merced, porque le pregonaba sus vinos, procuró casarme con una criada suya. Y visto por mí que de tal persona no podía venir sino bien y favor, acordé de lo hacer. Y así, me casé con ella y hasta agora no estoy arrepentido.

Porque, allende de ser buena hija y diligente servicial, tengo en mi señor arcipreste todo favor y ayuda. Y siempre en el año le da en veces al pie de una carga de trigo; por las Pascuas, su carne, y cuando el par de los bodigos, las calzas viejas que deja. E hízonos alquilar una casilla par de la suya. Los domingos y fiestas casi todas las comíamos en su casa.

Mas malas lenguas, que nunca faltaron ni faltarán, no nos dejan vivir, diciendo no sé qué y sí sé qué, de que ven a mi mujer irle a hacer la cama y guisalle de comer. Y mejor les ayude Dios que ellos dicen la verdad.

Aunque en este tiempo siempre he tenido alguna sospechuela y habido algunas malas cenas por esperarla algunas noches hasta las laudes, y aun más, se me ha venido a la memoria lo que mi amo el ciego me dijo en Escalona estando

---

[1] Interpolación.

asido del cuerno. Aunque, de verdad, siempre pienso que el diablo me lo trae a la memoria por haberme malcasado, y no le aprovecha [2].

Porque, allende de no ser ella mujer que se pague destas burlas, mi señor me ha prometido lo que pienso cumplirá. Que él me habló un día muy largo delante de ella y me dijo:

—Lázaro de Tormes, quien ha de mirar a dichos de malas lenguas nunca medrará. Digo esto porque no me maravillaría alguno, viendo entrar en mi casa a tu mujer y salir de ella... Ella entra muy a tu honra y suya. Y esto te lo prometo. Por tanto, no mires a lo que pueden decir, sino a lo que te toca, digo a tu provecho.

—Señor —le dije—, yo determiné de arrimarme a los buenos. Verdad es que algunos de mis amigos me han dicho algo deso, y aun por más de tres veces me han certificado que antes que conmigo casase había parido tres veces, hablando con reverencia de Vuestra Merced, porque está ella delante.

Entonces mi mujer echó juramento sobre sí, que yo pensé la casa se hundiera con nosotros. Y después tomose a llorar y a echar maldiciones sobre quien conmigo la había casado. En tal manera, que quisiera ser muerto antes que se me hubiera soltado aquella palabra de mi boca. Mas yo de un cabo y mi señor de otro, tanto le dijimos y otorgamos, que cesó su llanto, con juramentos que le hice de nunca más en vida mentarle nada de aquello, y que yo holgaba y había por bien de que ella entrase y saliese, de noche y de día, pues estaba bien seguro de su bondad. Y así quedamos todos tres bien conformes.

[2] Interpolación.

Hasta el día de hoy nunca nadie nos oyó sobre el caso; antes, cuando alguno siento que quiere decir algo della, le atajo y le digo:

—Mira, si sois amigo, no me digáis cosa con que me pese, que no tengo por mi amigo al que me hace pesar. Mayormente, si me quieren meter mal con mi mujer, que es la cosa del mundo que yo más quiero y la amo más que a mí. Y me hace Dios con ella mil mercedes y más bien que yo merezco. Que yo juraré sobre la hostia consagrada que es tan buena mujer como vive dentro de las puertas de Toledo. Quien otra cosa me dijere, yo me mataré con él.

Desta manera no me dicen nada, y yo tengo paz en mi casa.

Esto fue el mismo año que nuestro victorioso emperador en esta insigne ciudad de Toledo entró y tuvo en ella Cortes, y se hicieron grandes regocijos, como Vuestra Merced habrá oído. Pues en este tiempo estaba en mi prosperidad y en la cumbre de toda buena fortuna.

De lo que aquí adelante me sucediere avisaré a Vuestra Merced [3].

---

[3] Interpolación el último párrafo.

BIBLIOGRAFÍA

ARIBAU: *La novela picaresca*, Madrid, 1846.

LAFOND, E.: «Les humoristes spagnols», *Revue Contemporaine*, 15, 6, 1858.

MOREL-FATIO, A.: Prefacio a la *Vie de Lazarille de Tormes*, París, 1886.

—*Etudes sur l'Espagne*, París, 1895.

GILES RUBIO, J.: *El origen y desarrollo de la novela picaresca*, 1890.

RODRÍGUEZ MARÍN: Prólogo a su edicion de *Rinconete y Cortadillo*, 1905.

BONILLA, A.: «Una imitación de Lazarillo de Tormes en el siglo XVII», *Revue Hispanique*, 1906.

—*Cervantes y su obra*, 1917.

FOULCHE-DELBOSC: «Remarqués sur Lazarillo de Tormes», *Revue Hispanique*, 1900.

CEJADOR, J.: Introducción a la edición del «Lazarillo», Madrid, 1914.

AYALA, F.: *El Lazarillo reexaminado. Nuevo examen de algunos aspectos*, Madrid, 1917.

BATAILLON, M.: *El sentido de Lazarillo de Tormes*, París, 1958.

CAVALIERE, A.: *La vida del Lazarillo de Tormes*, Nápoles, 1955.

RICO, F.: *La novela picaresca española*, Barcelona, 1970.

GUILLÉN, C.: *La disposición temporal del Lazarillo de Tormes*, 1957.

PÉREZ MINIK, D.: *Novelistas españoles de los siglos XIX y XX*, Madrid, 1957.

LÁZARO CARRETER, F.: «La ficción autobiográfica en el Lazarillo de Tormes», *Litterae Hispanae et Lusitanae*, Munich, 1968.

ÍNDICE